悲しみの港（上）

KuniO OgawA

小川国夫

P+D BOOKS
小学館

目次

故郷を見よ ―――――― 5
白壁 ―――――― 21
株と文学 ―――――― 39
本当の自分 ―――――― 50
着想 ―――――― 78
琵琶 ―――――― 84
質問 ―――――― 96
ドン・キホーテ ―――――― 121
独身主義者 ―――――― 135

鉄工場 ――――― 146
対岸の〈婚約〉 ――――― 168
原稿 ――――― 185
体臭 ――――― 208
幻覚 ――――― 227
天国の闇 ――――― 245
白蝶貝 ――――― 254

故郷を見よ

六〇年安保のあと、その年の十月に、私は郷里へ帰ってきました。東京の吉祥寺から、静岡県の藤枝へ引っ越したのです。都会で世に出るあてもなく小説を書いていた青年が、田舎に居を移して、依然あてもなく小説を書き続けることになるに過ぎないとはいえ、心に新しい波立ちはありました。ここへきて、また一段転落したように思えたのです。気を取り直そうとして、自分にはどこまでも落ちてみる度胸があるのか、などとやみくもに自問したりしました。二十八歳でしたから、結婚は措《お》くとしても、就職を考えるべきだったのです。しかし、文学のことばかり思い描いていました。文学はたしかに好きでしたが、とはいっても、ひたすらそれに耽《ふけ》ったのは、実生活に直面するのが怖かったという内情があってのことです。自分が生活無能力者であることには確信がありました。私は不安だから強がっていたのです。ですから無理な姿勢で、痛いほど輪郭鮮明な一日一日を送り迎えしていたのです。

稼がないで過ごすことができたのは、言うまでもなく、私の父親に経済的な余力があったからです。そして精神的に私を支えた力としては、志賀直哉の影響がありました。私はことさら直哉のことを思って、彼のように暮らしてさしつかえない、と自分に言い聞かせていたのです。その意味で直哉は、私の両親にとってはとんでもない男だったかもしれませんが、私にとってはともかくも安心感をもたらしてくれる存在だったのです。

その夜、郷里は秋祭りたけなわでした。藤枝市の飽波《あくなみ》神社の祭礼は十月一日で、市をあげて祝うしきたりがあり、通りは提灯の列でした。往時はまだネオンの光は少なく、現在よりもずっと暗かったので、提灯が照明の主役で、町には、いわば、母性的な情感がかもし出されていました。この柔らかな光の列が集約され、静かな喚声が渦巻いている飽波神社の境内を遠く眺めながら、私は闇にまぎれて裏道を歩いたのです。歩みに合せて、風来坊、故郷を見よ、と口の中で誦えていました。

私が目ざしたのは、かつて祖父母が住んでいた隠居所でした。板塀にかこまれた敷地は三百坪あって、そこの広い闇の中に植木が黙りこくっていました。葉が鱗のように浮きあがっていたのは、母が座敷の電灯をつけて私を待っていたからです。二間続きの八畳の境の襖を開けて、その奥座敷に彼女は坐っていました。天井は高く、空間はたっぷりしていましたので、暗い電光は隅々まで届かず、母は濃い影をまとって、彫刻を思わせました。彼女はとてもくっきり浮かびあがりました。

彼女の姿を見た時、私には錯覚めいた気持ちが湧いたのです。心弱り、感傷的になっていたからかもしれません。確かに自分は、この人を目標にして帰ってきたんだ、と心に呟いていました。

私を見た母の眼に、うれしさがこみあげるのが見えました。こちらの感情が、彼女に反映したようにも思えました。私は彼女の雰囲気に気持ちの落ち着きを得させるものを感じたのです。そして、そういう気分を忘れていた寒苦鳥《かんくちょう》のような自分の状態を意識したのです。

彼女の前に坐りながら私は、

――一人でいたのかい、と聞きました。

――ぼつぼつ掃除してね。済ましてから、ここに坐っていたんだよ。

――遅くなっちまったな。昼間来ようと思ったんだが。

――どうせ昼間は無理だと思ったよ。今日はなん時に起きたのかね。

――三時過ぎだったかな。

母は苦笑しながら、続けました。

――どう思うかい、この家は。一生懸命拭いたんだけど。

――まあ、文句をつけることもないが。

——もう少し色をつけて言ってもらえないもんかね、と彼女はまた苦笑しました。

——なんだか貫禄が出てきたようだな、柱の色なんかに。

——随分傷んだよ。今まで住んでいた人が、重い応接セットを入れたりして、雑に扱ったからね。鴨居に釘を打ったりして。いい材料を使ったし、いい家なんだけどね。

——僕が大事にするよ。

母は夕飯を用意していました。昨夜東京に電話をよこして、おそくなっても着いてから食べるようにと勧めたのです。烏賊《いか》と大根の煮付けがなつかしく匂いました。それに、味噌汁とまくわ瓜の浅漬けがおかずでした。一人下宿住まいしていて、気の利いた手料理などこしらえる能力はなかった私にとっては、何よりの献立でした。それにしても、一本つけようかね、と母が言い、やがて運んできた徳利が、私の子供のころから見馴れたものだったのは、なつかしさを通り越して、寂しさを感じさせました。

私は今更ながら、元の場所へ帰ってきてしまった自分を意識したのです。すごすごと引き揚げてきた、ということなら、すでにその通りと認めていましたが、この時、私を脅かしたのは、田舎の余りに無事な生活だったのです。

東京にいて私は放浪者でした。まして、ヨーロッパに滞在していたころの私はだれが見ても放浪者でした。放浪体験はまだ肉に残っていて、血の騒ぎとして感じられたのです。

しかし今私は、田舎に帰って、このまま放浪体験に別れを告げてしまうのではないか、と怖れを抱いたのです。ものごとの値打ちを、それを手離しそうになって突然意識することがありますが……。

——お祭りはいつまでなのか、と私は母に訊《き》きました。

——明日までだけどね。お宮さんへ行ってみるかい。

——さあ、行かないだろうな、行かなくてもわかっているから。

私には昔から、われながらしつこいと感じるほどの人見知りがあって、その傾向が最近ひどくなりつつあるようでした。無理して努めても、ひとと融け合うことができたためしはありませんし、無器用ですから、ポーカーフェースをよそおうこともできません。ひとと話し合いながら、毀《こわ》れた仮面のような自分の顔を意識している時が多いのです。そんな時私はひどく孤独です。ところが、ひとりでいる時には、むしろ孤独ではありません。友人、知人のことを回想したり、想像したりもします。現実に会話しているような錯覚に陥ることもあります。私は好んで、そういう状態に入るのです。想いの中でひとと交流する時の私の姿勢には、無理がないのです。

——しかし、お祭りの様子はさすがだなあ、と私は言いました。

——提灯がきれいだったろう。

――うん、悪くないな。だれもかれも浮き浮きしているようで。

――だれもかれもってわけでもないが……。

――ここにはまだお祭り気分が生きているよ。通行人がお祭りに気を奪われていて、僕なんかを見ないのがいいな。

――見られちゃあ困るのかい。

――困るな。みんなが魚の影みたいに、よそよそしく掠《かす》めて行くのが好きだ。

――よそよそしいのがねえ。

――ちゃんとひとと会うのは苦手なんだ。僕はね、一週間くらいは完全にひとりでいることができる。最近そうなんだ。

――ひとりが好きなのもいいけど、お父さんにだけはちゃんと会って頂戴よ。

――すぐに会わないと、まずいかな。

――まずいね。

――………。

――いつ会いに行くかい。

――明日事務所へ行くよ、面倒くさいことは早く片づけたほうがいいから。

――それじゃあ、お父さんに言っておくからね。三時ごろじゃあどうかしら、事務所で。

母が心配しているのは、私が名目だけにしろ父の会社の社員になって、月給を貰《もら》わなければならないからでした。父の機嫌を損じるようなことを避け、明日にでも事務所に出て行って、一応挨拶もし、今後のことを話し合ったほうがいい、と彼女は言っていたのです。父と私との関係は別に悪くなかったので、彼に会いに行くことに私はそれほど抵抗を感じてはいませんでした。それにしても父は、社員は社員だぞ、と私に念押ししたことがあったのです。そして私は、月給を貰いながら、いかに勤務をズッこけるかを考えていたのです。

母は十時過ぎに引きあげて行きました。私はしばらく飲み続けてから、押し入れから懸け布団だけ引っぱり出し、それをかぶって、畳の上に横になりました。疲れがあちこちの関節に巣くっているのがわかりました。東京でそれほど仕事をしたわけでもないのに、疲れの蓄積だけは相当なものだな、と思いました。自分で自分を常に締めつけていて、解放しないからでしょう。

私のくつろぎの場としては、この古い家が一番です。しかし私は、ここには私の堕落があるのか、それとも再生があるのかと、またこだわって、自分に問い続けていました。光の届かない天井は深く見えました。一隅に大きな蜘蛛《くも》がいましたが、その姿勢がおもしろかったのです。高い桟に二本ほど肢をかけ、気負っている様子です。ジッとしたまま動きません。永遠に動かないのではないか、と思えるほどです。私が思い合わせたのは、北アフリカの雄山羊です。彼も突き出た岩に前肢をかけ、今にも行動に移ろうという姿勢でいながら、剝製のように動かないのです。根気よく眺め続けていても、一向に動きません。太陽が移って行くのが感じられるほどです。……あんな具合に雄山羊を観察していたのも、サハラ砂漠の近くには、他に見るものがなかったからか、と考えました。しかし、そうではない、と思い直しました。他に何かしなければならないことがある、とは考えていなかったからです。

あの空白に身をゆだねていた自分を、私はなつかしく想い起こし、実感しました。そして、あの時間を忘れてはならない、と自分に言い聞かせました。

蛇のことも思いました。私が寝ころがっているところの真下に、青大将の巣があるのです。蛇の家族はこの家の縁の下に、少なくも二十八年は住んでいるのです。かつてハイティーンだった私が、縁の下に猫が入るのを防ぐために、板きれの格子を張りめぐらそうとして、四つんばいになって暗がりを移動していますと、すぐそばで大きな青大将がとぐろをほどき、滑らかな光の条《しま》となって流れたことがあります。そのあたりに何匹いるのでしょうか。私が見たのは往時最大だった一匹だったのでしょう。一メートル半くらいあるように思えました。

蛇の一家のある者は、天井裏に登ることもありましたし、庭に出没することもありました。それを憎んでいたのは祖母で、容赦なく殺していました。彼女にとって蛇は、見たら必ず殺すべき生き物だったのです。しかし私は、蛇も蜘蛛も殺そうと思ったことはありません。小林一茶ほど実際に小動物と睦み合える自信はないけれど、少なくとも想像の中では、睦み合っていました。

この座敷にはもっと痛切な想い出もありました。十七歳だった私は、ここで大学受験の勉強をしたのです。弾性を失った頭へ英語の例文を叩きこもうとしたり、そんな頭を駆りたてて数学の問題を解こうとしたりしました。砂を嚙《か》むような長い時間でした。ほとんど意志を失い、霧の中をふらついているような夜もありました。その結果、どうやら目的の東京の大学へ入ることはできましたが、てんから授業には興味を感じることができなくて、学期中もいつも郷里に帰っているような状態になりました。その際には、やはりこの座敷にこもって本を読み散らしたり、文章を書いたりしていることが多かったのです。目標もなく、手応えもなく、広い沼地のようなところをうろついていたとでも言ったらいいでしょう。そんな状態を自分の運命のように思い、〈凝固しない血が流れ出ているようだ。それが俺の性質、どうにもならない〉とメモしたこともありました。

未経験のままに、そう書き記したのです。しかしはたち前の私は、少なくともこのメモに関しては、正しい見方をしていたといえるでしょう。あの時始まった生活はいまだに改善されていませんし、結局運命だったのではないでしょうか。

当時のある朝、私が座敷から出て、庭に立っていますと、近くを過ぎて行く母の姿が目にとまりました。私は低くしわがれた声で彼女を呼びとめて、言いました。

――母さん、僕は大井川のほとりへ小屋をこしらえて、そこで生活したい。

朝早かったから、まだ薄闇がこめていましたが、母が眼を見張り、怖れを抱いたように顔色を変えたのがわかりました。私はかえって彼女の反応に驚き、自分は軽い気持ちで言ったのに、どうしてこんな波紋を呼ぶのか、といぶかりました。

――なぜそんなことを言うのかね、と彼女は穏やかに訊《たず》ねました。

彼女が平静をよそおっているのがわかりました。

――なぜってことはない。そうしたいだけだ。

しかし、私は率直ではありませんでした。私は徹夜してフランチェスコの《小さな花》を読んでいて、その内容に取り憑《つ》かれていたのです。その通りに言えばいいのですが、打ち明けはしなかったのです。

――人がいないとこで本を読むのかね、と母は訊《き》きました。

――本も読むし、もっと規則的な生活をしたいんだよ。

――ここでは駄目かね。

——駄目だ。

——そうかい、それじゃあ母さんも一緒に行くよ。わたしも大井川のほとりへ住んで、お前の世話をするからね。

こんな反応を引き出すことになろうとは……。母はきっぱり反対するか、笑っていい加減にあしらうか、とどこかで予想していたのに、衝撃を受けたのは私のほうでした。

私が住むことになったかつての祖父母の隠居所から、両親の家までは四キロほどの道のりでした。そして、そのすぐ近くに父の事業所があって、小さなガスタンクとか油槽、水槽を作っていました。

バスに乗って、祭りの山車《だし》に街道のところどころで出くわしながら、父の事業所に向かいました。そこに十人ばかりの事務員と、六十人ばかりの工員をおいて、父と弟が働いていたのです。私は事業所の空気が苦手でした。仕事がたゆみなく運んでいるのが感じられ、急《せ》きたてられるからです。

運行の中心にいるのはいつも父でした。その日も彼はカーキ色の作業服姿で、トラックの運転手に指示を与えていました。かたわらへ行って立っている私を、しばらく待たせてから、

——昨夜来たんだって……、と声を懸けました。

――うん。藤枝は相変わらずだな、と私は、言うことがなかったので、そんなふうに言いました。

特に父の工場は変わっていないのです。

――お前も相変わらずだろうが……、と父は笑っていました。

父の言い方には、お前の強情もいいが、俺の身にもなってくれ、と苦情を言う調子がないわけではなかったにしても、厳しさは感じられませんでした。まあ、あきらめているがな、とこぼしている程度でした。

――相変わらずうまく行かないんだけど、と私も笑みを含んで言いました。

――大変だろうが、投げる気もなさそうだな。

父がそう言いながら事務所へ入りますので、私もついて入りながら、

――投げろと言ったって、投げやあしないよ、と笑ったのです。

――しかし、半日は工場へ出ろよ。

――さあ、出れるかな。

――半日工場へ出れば、月給は三万だ。

――出れるかなあ。

――ちゃんと出なければ減給だぞ。

肝腎《かんじん》な話はそれだけでした。これから、言いたいことは、遠慮なく言うからな、と父は笑いました。それから、自分も文学は好きだ、國木田獨歩の文章には感心している、青年時代に結核の療養をしていた時には打ちこんで読んだものだ、その頃、湘南の病院へ行くことがあったけれど、茅ケ崎の松原を、ここで獨歩が亡くなったんだな、と彼を偲《しの》びながら歩きまわったものだ、と想い出を語りました。私は父が獨歩を愛していることは知っていましたが、こんなに具体的に作家に関する想い出を聞いたのは初めてでした。

——文士は大勢体を毀《こわ》しているな。文章を書いていたんじゃあ、病気は直らんのだろう、と言いながら父は若いころの闘病生活を思い出しているようでした。

——母さんが言ってたけどな、お前、まかないが要るだろう、と父は訊きました。

——まかない……。

——飯《めし》をこしらえたり、掃除したりする人だ。

——自分でやるよ。

——何を言ってるんだ。下宿とは違うぞ。

——そうかなあ。

——第一お前が家を空ける時には、不用心じゃあないか。

――母さんは、たみさんはどうかって言うんだが。杉崎たみだ。知ってるだろう。

――………。

杉崎たみは、かつて父の工場にいて、住みこみの工員たちの食事の世話をしていた人でした。当時五十がらみの未亡人でした。調理場の二階で寝起きして、私が見た限りでは、いつも忙しく働いていました。記憶に残るほどの会話をしたこともありません。ただ、私が小学校四年の時に、工場の中の薄暗い通路を走っていて躓《つまず》いて転び、そこに立てかけてあったトタンで掌を切った時には、彼女は敏速に手当てをしてくれました。手際がよかったので、噴き出した血を見て驚き、震えていた私も、間もなく安心していました。たみさんのことを、医者や看護婦よりも頼もしく思ったのです。傷はやがて癒《い》えましたが、その間、彼女に繃帯《ほうたい》を換えてもらいました。その折には、手当てに没頭する彼女の息の音ばかり聞こえたこと、また明るい雨の降る窓辺にいて繃帯がとても白く見えた日があったこと、などを私はおぼえています。彼女がまぶしてくれたヨードホルムの粉が、癒着した皮膚の下に閉じこめられてしまい、今も黄色に、三日月形に透けて見えるのも、記念といえば記念です。

――たみさんが来てくれるかなあ。あの人はどこに住んでいるのかしら。僕が頼んでみよう。

――相手はお前の顔をおぼえているか。

――うーん、当たって砕けろだ。

――一松屋の裏の離れを借りているそうだ。

――子供があったんじゃあないか。

――今はひとりで暮しているよ。

――そうか。一松屋へ行って交渉してみるから。

私は父と別れて、工場を出ました。色づいた稲穂の波が道のへりを擦っていました。六〇年安保のころには、その辺にはまだ田圃《たんぼ》が遠くまで拡がっていたのです。東海道線のレールをまたいだ時、私はまた杉崎たみのことを思い出しました。十七年前のその日、彼女はたしか、息子のところへ帰る、と言っていました。

彼女と私は、連れ立って砕石の高みに登り、レールをまたいだのです。それだけのことですが、私は記憶してしまったのです。

そこで東海道線を横切ることは禁じられていました。踏切番のいる踏切にしなさい、あそこでレールを越えてはならない、亡霊がいるから、絶対にしてはならない、と母に言われていたのです。なぜなら、そこでは当時三年ほどの間に、三人も死んでいたからです。レールがカーブしていて、機関車は警笛を鳴らしながらも、山蔭から突然姿を現す地点だから、もしその人が自殺志願者なら都合がいいのでしょう。最初の一人がそこで目的を遂げたのが、呼び水になったのかもしれません。もしかすると、ここで死んだのは三人だけではなくて、私の知らないずっと以前から、死者が数珠つなぎになっているのかもしれません。

小学校五年生の私は生まれてはじめて、そこを横切って、うすうすと死の性質を意識しました。人間は一緒に生きようとするように、一緒に死のうとする、一緒に死のうとする気持ちは、一緒に生きようとする気持ちよりも強いのかもしれない、というようなことを感じたのです。砕石には、毒々しい感じの夕焼けが染みこんでいました。そしてレールは、夕焼けをはねつけて鈍く光っていました。私たちは熱くない熔鉱炉の中にいるようでした。

薄気味悪い地点を越えながら、私は、気丈な杉崎たみを先導者だと思ったのです。彼女はいつも口を一文字に結んでいました。肩は穏やかで、腰がしっかりしていました。わき目も振らずに歩くのです。なんでもないこととして、レールを横切っていました。そんなことがすべて、私には意味あり気に思え、力強いおばさんに縋《すが》って、死の地帯を越えているような気分になるのでした。

私は小学校五年生の時のことを思い出しながらレールをまたぎました。二十八歳の私には、かつての野放図に拡がった想像世界などは消えていて、ただ杉崎たみとの縁が貴重に思えたのです。彼女のような人はあちこちにいるのかもしれないが、自分にとっては、他にいない、と思いながら、線路に沿った道を歩きました。いい留守番兼まかないを思いついたものだ。話がうまく運ぶといいが、と期待しました。

白壁

大きな踏切のわきまで来ると、向こう側から渡ってきた小型の自家用車がありました。来たのはその車だけでした。私と並行したと思ったら、止まり、

——乗って行きませんか、と娘の声がしました。

私は車の窓の中を見ましたが、運転しているのがだれか判りませんでした。その娘は白いサテンのブラウスの胸に、同じきれで大きな蝶の形をつけていました。声をかけたのに、こっちを見ていなかったので、濃い髪の向こうに、鼻と口と顎《あご》だけが見え、肝腎の眼はかくれていました。

彼女は、前方に気にかかることがあったのかもしれません。しかし私は、咄嗟《とっさ》にそこまで気が回りませんでしたので、果たして私に声をかけたのは彼女か、といぶかったのです。それにしても、運転席の窓ガラスは開いていました。

——僕のことですか、と私は運転者に訊きました。

その娘がこっちを見ました。痩せぎすで、あまり顔色のよくない、腺病質らしい娘でした。年は二十五歳くらいかもしれません。最初、際立った印象はなかったのですが、眼と眼が合った途端に、私の心は揺れました。私の眼はその眼にぶつかった気がして、反射的に避けようとしました。するとその眼は、相手の臆する気持ちを無視して、追いかけてくるのです。

——お宅までお送りしましょうか、と彼女は言いました。

——どうしてですか。

——………。

——なぜ僕を拾ってくれるんですか。

私は構えていました。話していることがどうこうというよりも、自分が感じた小さな衝撃を相手に悟られたくなかったからでした。

——わたし、及川製作所の事務員なんですけれど、と彼女は言いました。

それで合点できました。彼女もまた父の事業所からの帰り道だったのです。解放されてはずんだ夕方の気持ちが、私にも感じられる気がしました。それにしてもなぜか私は、不良っぽい人かな、きっとまっしぐらに帰宅するタイプじゃないんだ、と思ったりしたのです。彼女の瞳に、怺《こら》えてこっちを見ているような妙な力があったのが、当座解らなかったからでしょう。

その瞳は私に、自分の眼が鈍く、のろのろと動いているのを意識させたのです。

彼女のことを苦手なタイプだと感じましたし、また、それとは別に、私は宿所まで歩きたかったのです。街道を避けて裏道をつないで行けば、その四キロは悪くない散歩コースでした。帰郷したばかりで、ものめずらしかったのです。その日来がけに、バスの窓から眺めていて、その気になったのです。

——他へ回るんでしたら、そっちへ送りますけれど、と彼女は言いました。

——家へ帰ります。じゃあ乗せてもらっていいですか。

ことわりかねて、乗ってしまったようなところがありました。ふんぎりの悪い私は、後悔のようなものを感じていました。ことに車が家並みをすっかり出はずれて、広い平野にさしかかった時には、そこを夕日を浴びて歩きたいな、とあこがれました。

——小説を書いているんですってね……、と彼女は言いますので、

——書いているんですよ、これでも、と私はすかす口調で応えました。

このテの話題が私には鬼門でした。書くことにはまなじりを決して取り組んでいるといってもあながち誇張ではありませんでしたが、そのことが昼間話し合われるのはご免でした。取り上げられかたによっては、ゾッとするほどなのです。

売れない文学青年のコンプレックスには違いありません。私が強く感じていたのは、小説は

読まれたがっているのに、読まれないで、いい加減な話題にされることがある、それが作者には堪えられない、ということでした。

自分の書くものは、なん人が読むのだろうか……、おそらく四、五人だろう、だから、自分と自分の作品については、その四、五人以外のだれにも語ってもらいたくない……そう私は思っていたのです。

しかし、この事務員の娘に、牡蠣《かき》のような気持ちをあらわにしても仕方ありません。いい加減にあしらおうと思いました。

——全然うまく行きませんがね。

——あなたのことを、従兄が知っているんです。従兄はあなたと同級生でしたんですって。

——高校の時ですか。

——いいえ、小学校と中学の時です。村越成吉っていうんですが、覚えていますか。

——覚えています。

——あの人喧嘩《けんか》ばかりしていたんじゃあないかしら。喧嘩が大好きですから。

——そうですかね。村越君が殴り合いをしたのは、一回見たかな。もっと喧嘩好きがいましたよ。

——晃一さんはとても勉強したんですってね。中学のころカマボコって言われてたって、本当ですか。机にへばりついているって意味ですって。

彼女が私の名前を呼ぶのが、いきなりといった感じでした。

——村越君がこしらえたんじゃあないかな。

——渾名《あだな》をですか。

——渾名も、話もこしらえたんじゃあないかな。

——今はカマボコなんでしょ。

——え……。

——毎晩徹夜して小説を書いているんでしょ。

——毎晩ではありませんがね。だれから聞いたんですか、そんな事。

——お父さんと弟さんが話していたのが聞こえたんです。盗み聞きしたんじゃありませんけど……。わたしにも読ませてください、あなたの小説を。一生懸命読みますから。

——突然言いだしますね。今日は、その話は勘弁してください。

私たちはしばらく黙ったまま、旧東海道を走りました。そして瀬戸川橋のたもとを、川上に向かって曲がりました。私がそっちへ行くように頼んだのです。川は幅五十メートルほどありましたが、砂利の川床がむき出しで、乾いた灰色の帯にすぎなかったのです。見馴れているそんな殺風景な眺めが、その時には、みずみずしいほどに秋の夕日に彩られていました。私たちが走っていた堤から見ると、対岸に速い瀬があって、さざ波が橙色《だいだい》にきらめく蜃気楼のように動いていたのです。

アフリカに行く以前なら、私はこうした感じかたをしなかったでしょう。水は水なのです。私は、サハラ砂漠で、何度も幻の湖水や瀬を見てしまったのです。いわゆる逃げ水です。ですから、水が見えても、本当にそこにそれがあるものかどうか、フト疑う傾向が残ってしまったのです。

家並みは遠ざかり、私たちは山の麓を走っていたので、もう動くものは、一条の瀬以外にはありませんでした。その輝きが対岸の楊《やなぎ》の繁みの中からあふれ出て、旋回しているのが見えていた時、

――僕をここで下ろしてください、と私は彼女に言いました。

――ここで……ですか、と彼女はいぶかし気に訊きかえしました。

――下りて歩いてみようと思うんですよ。

彼女は歯切れが悪い感じに車を止めました。私はドアを開けて外に出ました。

――わたしも歩いてみます、と彼女が言いました。

――僕は一人で歩きたいんです。

――……。

――あなたは家へ帰ったほうがいいと思います。ここは寂しい場所ですし、長居をするとお腹が痛くなりますよ。

私は冗談を言おうとしたのですが、まったく不発に終わりました。彼女は一瞬黙り、唇を噛《か》みました。そして、短く息を吐《つ》いたのです。

――そうですか。いいんですか、本当に。お宅まで遠いんでしょ、と彼女は真剣な眼で私を正面に見ながら、言いました。

私も怺《こら》えて彼女を見返しますと、瞳が瞳に縛られるような気がしました。

――歩くのは、いくら歩いたって平気ですから。

私は気まずさをできるだけ和らげたかったので、

――一人で考えたいことがあるんです、とつけ足しました。

私は手をあげて、斜面を河原に下りて行きました。針金でこしらえた蛇籠《じゃかご》を越え、砂に下り立ってから見上げますと、彼女の車は堤の上にまだ止まっていたのです。逆光に縁どられ、大きな虫みたいに……。私はあえて自分のした事と、その反応にこだわっていました。身をひそめる心持ちで、それがどう動くか窺《うかが》っていました。

彼女の車が立ち去るのを見送ってから、私は河原を横切りにかかりました。さして広い川幅でもありませんが、盛りあがったりえぐれたりしている川床は歩きにくく、自分がなにか酔狂なことをしている気がしました。その上私ははだしになり、ズボンをまくりあげて、瀬を渡ったのです。瀬の幅は七、八メートルほどでした。真ん中へ出て行くと、押し寄せる光の波に囲まれて眼がくらみそうになり、容赦ない水の勢いをすねに感じました。

瀬を渡り堤を越えて藤枝の町へ入って行きました。迷路じみた路地を、行きあたりばったりに曲がりながら行くと、あちこちの木の梢に夕日が射して燃えるようだったり、泥溝《どぶ》が深々とかげっていたりしました。

私は夕日を追いかけていました。梶井基次郎が悲しい熱狂にとり憑《つ》かれて、飽くまでも夕日を追いかけた足取りを思い浮かべました。東京でも私は、その時間には自分が梶井になり代わったかのように、燃える空の底に夕日を探して、道から道へ夢中で歩いたものです。徹夜が続いていて、陽光に飢えていましたし、起床は暮れ方でしたので、陽光といえば夕日しかなかったのです。そんな狂奔《きようほん》を人知れず繰り返したのは、やがて来る重苦しい夜を怖れていたからかもしれません。

私は家並みを出て、せかせかと寺の裏山へ入って行きました。狭く長い石段を登りきると、夕日を浴びることができました。まだ密に重なり合っている桜の葉を透《すか》して、黄金《きん》色の光が揺れていました。私は豪華な木洩れ日の中を行き、桜並木を出はずれたところで、遠い山の端に近づいている太陽をとらえました。それを正面から見ようと望んで山径を行き、山径が尽きると、茶畑へ踏みこんで行きました。その地点になんとなく惹かれただけなのですが、行ってみますと、思いがけない眺めを見ることができました。眼の下に、少なくも百八十度の視界が広がっていました。

太陽は向かいの山の尾根から、下界のすべてをくまなく照らし出していました。知りつくしているつもりの郷里に、このような一隅があったとは……。全然知らない場所が、この近辺にあったなどとは信じられないことです。

いきなり現れた平坦な谷間に見とれていたのですが、しばらくすると思い出しました。視野の中心にあって、ひときわまぶしく夕日を受けている家に見おぼえがあったのです。造り酒屋ではないのか……。門のわきに白壁の倉のある屋敷で、田圃のなかに孤立していました。私は藤枝町から、北の山間部へ自転車で行きながら、その屋敷を遠望したことがあったのです。高校生だったころに、少なくとも四、五回は見ているのです。にもかかわらず、かつての時とは見る角度が違ったせいで、すぐに思い出すことができなかったのです。それに、かつての時とは見違えるほどに、濃密に光に彩られて現れたのです。

気分が明るくなりました。純粋な眼の楽しみは、たしかにあるのです。

私はその谷間へたどりつこうとして、山を下りて行きました。茶畑の急な斜面で、道らしい道はついていませんでしたので、一歩一歩足もとを踏み固めるようにしました。避けることができない崖もありました。無理していたので、捨ててあった竹の殺《そ》げた切り口をふくらはぎに突きたててしまい、痛さに声を詰めたのです。ズボンをたくしあげて傷を見ました。まだ強い残照と呼び合って、血が真っ赤でした。ハンカチでそこを抑え、時が経つのを待って、ハンカチを傷に血で貼りつけたまま、山をおりました。白壁の倉のある家は、たしかに造り酒屋でした。その塀のわきを過ぎながら、かたわらの溝に澄んだ水がふんだんに流れているのを見ました。水のいい所なんだ、などと思いながら、透き徹る青い薄闇の中を歩きました。

大回りして、すっかり暗くなった葉梨《はなし》街道へ出てきました。散り敷いた枯れ葉の匂いを嗅いで、神社のかたわらを過ぎると、赤提灯が眼に入り、そこに、〈ぼんてん〉と大書してあったのです。提灯もその家の構えも、古ぼけていて親しみがありましたから、吸われるように立ち寄ったのです。おでん屋でした。十人ほどの客で、ほぼ満員でした。その様子は、濁った溜まり水に黒っぽい魚が集まっているとでも言ったらいいでしょう、ほとんどが労働者ふうで、撫で合うような口調で、ざわめきを醸《かも》していました。

私はカウンターの上の小さなマッチ箱を見て、〈ぼんてん〉は〈梵天〉だと知りました。漢字も書いてあったのです。漁の道具のことなのだろうか、と思いました。

おでんを注文すると、モツやがんもどき、大根やはんぺんをたっぷり、古物らしい瀬戸の器によそってくれました。そのかたわらに、これも古物らしい二合徳利を立て、テーブルに肘をついて、しばらく放心していたのです。室内の造作も、女将《おかみ》も客も地味でした。家全体が土と保護色といってもいい色合いなのです。物音も人声も穏やかで、私の耳はいつしか、足もとでするコオロギの声を聞き分けていました。

華麗な夕焼け空が眼の奥に残像になっていました。それは刺激的で、身を切るような感じでもあったのですが、ところがこの飲み屋には、眼を見張るようなもの、鋭利なものはなにひとつなくて、私をホッとさせ、気持ちのバランスを取り戻させてくれました。神経質に揺れていた水が静止して行く感じなのです。

私はズボンをたくしあげて、ふくらはぎの傷をしらべました。その後も出血が続いたらしく、ハンカチが湿っていました。それをとりのけてみると、傷口はまだ濡れていたのです。

——どうしたんですか、とかたわらの男が訊きました。

——竹が刺さったんです。

——竹がねえ……。

——はずみですよ。山を下りていると、竹が足にからまるようになったんです。

——竹槍みたいな竹ですか。

——そうです。

――墓場の花立てにしてあった竹かな。

――どうでしょうか。近くに墓場も見えませんでしたが。

その男は店の女主人を呼んで私の傷のことを言い、薬がないだろうか、と訊きました。彼女はマーキュロを探し出してきて、しゃがんで、傷に塗ってくれたのです。私は自分が優遇されていると思いました。店に入った時に感じた親しみが、よい結果を生んで、まわりの人と滑らかな交流のできたことがうれしかったのです。

――〈ぼんてん〉というのは梵天竹のことですか、と私は女主人に訊いてみました。

――そうですよ。よくわかりますね。舟の関係のかたですか。

――いや、違いますがね。そんなふうに思ったもんですから。めずらしい名前ですね。

――本店が焼津の港にあるもんですから。向こうと同じ名前にしたんです。

きっとそのせいなのでしょう、しばらく飲んでいると、すぐ近くから船員の会話が聞こえてきました。鮪漁《まぐろ》のキャッチャー・ボートに乗って行って、スペインのマラガへ寄港したと話していました。その二人はともに華奢な体格をしていて、船員らしくありませんでした。ひっそりとやりとりしていましたから、よけい私の耳は鋭敏な状態になったのです。

待つ人のない家に戻って、暗い電灯をつけますと、出がけに残したままの光景が浮かびあが

りました。奥座敷には畳の上に枕が転がっていて、懸け布団が放り出してありますから、

──要するに寝ることだ、と私は呟いてひっくり返りました。

高い天井にはあの蜘蛛《くも》がいました。鬼蜘蛛とよぶのでしょうか、私の知る蜘蛛の中では一番ゴツい種類です。昨夜いた片隅から、対角線上の片隅に移動していましたが、姿勢はまったく同じででした。肩を怒らせた感じに、高い桟に二本ほど肢をかけたまま、身じろぎもしないのです。彼を見守っているうちに、眼が冴えてきてしまいました。寝転んだ当座は、そのまま眠りこみそうに思えたのに……。

起き出して、まだ鞄の中に入っている原稿用紙と鉛筆を出してきて、東京へ手紙を書きました。大学時代からの友人、伊吹綱夫に、とりあえず便りを出しておこうと思ったのです。

僕は今蜘蛛を睨《にら》んでいる。少し大げさに言うなら、化け物のように大きな奴だ。この部屋の高い天井にとりついているのを、仰むけになって観察している。歩き出せばきっとサラサラと音がするだろう。大型のものは雌だと聞いているから、これも雌なのだろうか。昨夜は南西の一隅にジッとしていたが、今夜は北東の一隅に陣取っている。少しも動こうとしないから、コーナーを守護しているともいえそうな気がしたけれど、よく見るとそうではない。なぜなら、この蜘蛛は昨夜も今夜も外に尻を向けて、内側をうかがっているか

らだ。だから僕が想像するのは、天井という四角な試合場に向かって、出番を待っている女闘士なんだ。姿勢は勇ましく、ファイト満々なのだから……。

不思議なことが二つある。一つはビクリとも動かないこと、一つは相手がいないことだ。蜘蛛は幻を見てしまうことはないのだろうか、幻影を現実だと思って、摑みかかることはないのだろうか。そんな心配をしてしまうほど、彼女は自分の縄張りをあくことなく凝視している。

哀れな蜘蛛よ。寝ずの番の蜘蛛よ。

僕はこの蜘蛛が好きだ。いつまでもこの天井に住んでいてくれるなら、僕の無二の友達になるだろう。この藤枝にあって、真夜中の醒《さ》めた意識は、この蜘蛛と僕ということになりそうだ。夜鷹ということだけなら、僕たちの同種族として、マージャン・マニアたちがいるかもしれない。しかし黙りこくって長い夜に堪えるのは、蜘蛛よ、お前と俺だろう。

少なくとも今夜は、僕はこのまま眠りたい。天井には眼をらんらんと輝かしている者がいて、畳の上には安らかに夢を見ている者がいる、ということになりたいのだが、それも駄目らしい。もう僕の眼は冴えてしまった。

君の小説を批評することにする。〈死の船〉だけれど、やはりすばらしい。読むたびに感心するのは、あの座敷牢《ろう》に入れられている恒子の魅力だ。次郎が薄闇にいる彼女を発見するところから始まって、だんだんその姿がはっきりしてくるところ、どこを切っても無垢《むく》な、やさしい彼女の性質が次々に明らかになって行くところなんかは、読みながら息を呑む。

この魅惑はどこから来るのか。秘訣は、次郎の眼を通して彼女を描いたことにある。次郎という少年は実にいい眼をしているね。彼のいい眼が、僕にも見えてくるようだ。葡萄の粒ほどもある眼が、その紫の闇の奥に光のかけらをキラめかし、恒子さんをジッと見守っている。次郎はなぜ、すぐにも手を差しのべて、彼女の手を取ってやらないのか、暴力をふるって、檻《おり》を毀《こわ》してしまわないのか、と気を揉《も》んでしまうんだけれど、少年は見守っているだけだ。彼女が火に包まれて死ぬ夜になって、初めて焼けた檻を踏み破ったって、もう手遅れなんだ。

次郎はあまりに見ることに夢中になるタイプに生まれついたから、行動する段になると、後手後手に回ってしまうのだろうか。だから、形ばかりの恒子の葬式がいとなまれたあとで、次郎が初めて泣き、涙を振りまきながらスキーで夕日の雪原を走るところも、恒子のはかない生と死を嘆いているというよりも、恒子のそばにいながら、なにも出来なくて、ひとり残されてしまった自分を嘆いているように受け取れる。

次郎は傍観者の宿命を泣いている。

君はどういうキッカケがあって、こんなにすぐれた着想をしたのだろうか。君に聞いてみたいのだが、実は、今日僕にはその秘密がわかったように思えたんだよ。この夕方、僕は、白壁の土蔵がある屋敷を見た。田圃の真ん中にあった。低い石垣の上に槇《まき》の生け垣がビッシリと繋っていて、閉鎖的な家だ。

這うような夕日がぶつかって、照らしだしていた。そこだけが鮮やかな橙色《だいだい》だったから、夕日がそこを狙い射ちしているように見えた。それだけのことで、われながらよく解らないけれど、この世の光景ではない気がして、あのような屋敷の奥になら、君の書いたような美しく残酷な物語があるかもしれないと思ったんだ。

この手紙は寝床に腹ばいになってしたためているけれど、実は、布団の中で左足が少し疼《うず》いている。今日怪我をしてしまったのだ。満身に夕日を浴びて、気持ちがたかぶっていたのだろう、うっかりして、鋭く殺《そ》げた竹を右足で踏み、それが起きあがったところへ、よろめいて行ったので、切り口が左足のふくらはぎに刺さってしまった。僕は思わず、大当たり、と叫んだよ。そんな気がしたんだ。夕日にうっとりして、酔ったような気分だった。実にいい気分だったから、この程度の事故なら、かえって記念になると思ったのだろうか。

しかし、本当に軽傷なのかどうか……。ともかく、明日医者へ行って診てもらおうと思う。

このように報告を書いていると、僕がヨーロッパにいたころのことを思い出す。あのころは、二人とも筆まめだったね。君に手紙を出すのが楽しみだった。アヌシイ湖のほとりの安宿で深夜に窓を開いて便りをつづっていた時、〈経験を手当たり次第に君に報告するのが、僕のならわしになったようだ。僕は、自分の経験を君と共有することを望んでいるらしい〉、と書いたものだ。君は覚えているだろうか。

二人が東京に住むようになると、会いたいと思えば会えるのだから、手紙は不要になったけれど、しかしこうして僕だけが藤枝へ来ると、また報告書を作る意欲が再燃してくる。……僕は錯覚しているのかな。今夜報告している経験も、すでにそれを経験した瞬間に、君と二人で味わっていたようにさえ思えるのだよ。

経験も大事だけれども、書くことはもっと大事だ。〈死の船〉のようないい作品を、もっと書いてくれたまえ。さし当たって、カチンと手応えのある短篇小説をもう一篇仕あげてくれたまえ。そして、できあがったら、上着の内ポケットに入れて、藤枝へやってきてくれることを望む。僕が東京へ出て、そっちで会うことだってあり得るが、どうも藤枝で落ち会ったほうが具合がよさそうだ。この気持ちは、今まではっきりしていなかったけど、この手紙を書いているうちに、そうしたほうがいい、そうすべきだ、と考えるようになってきた。僕はこの藤枝に、ゴッホが南フランスのアルルにいて計画したように、新文学研究所を設立しようと思っているのかな。なぜかな……。結局僕たちは、日本の文士であることは文壇に属することを意味しないと考えてるのではないか。小さく、できるだけ小さくまとまって、狭い、僕らだけのリングを活用したいと考えているのではないか。小さな城塞を数人で守ろうとしているとも言えるだろう。このことはきっと、僕たちの草創の精神なのだね。

株と文学

一日会社へ出てから、午過《ひる》ぎに外科に行くと、左足の傷は炎症を起こしかけているとのことでした。医者は少しメスを入れ、念入りに消毒して、繃帯《ほうたい》をしてくれました。破傷風予防の注射も打ってくれました。その結果、靴をはくのが少し面倒になりましたので、上履きの草履を探しだし、それをつっかけていることにしました。

出張していた弟が午後戻ってきました。そして終業時に、

——兄貴、ウイスキーを一杯引っかけないか、と声をかけました。

——どこで。

——事務所でさ。戸棚にジョニー・ウォーカーがしまってあるんだ。

冷蔵庫と戸棚があるその部屋は、木の床が砂でジャリジャリしていて、殺風景でしたけれど、弟はバーの代わりに使っているらしいのです。楽しげに、結構手ぎわよく氷と水とウイスキー

を揃えました。

――夕日を追いかけて山へ登り、夕日と逢瀬を楽しんでいるなんて、珍人だろう、と私は言いました。

事務所で足の怪我のことを訊かれましたので、私は、大したことはない、とこたえてから、事故の経緯《いきさつ》を説明しておいたのです。

――夕日に見とれたって、珍人ってことはないさ。俺だってたまにはやってみたいよ、と弟は言いました。

――俺は毎日でもいい、夕日に見とれていたいな。

弟は笑って、うまそうにオン・ザ・ロックをすすり、言いました。

――夕日を見て、寂しさに堪えているってことじゃあないのか。俺は思うんだが、兄貴の性格は意外に強いんじゃあないかな。結構急流に住んでいるんじゃあないのかしら。何かあって、心情的にまわりからボイコットされても、案外平気なんじゃあないか。

――俺はひ弱だ、強いことなんかない。ただし、世間からはボイコットされているも同然だがね。相手がそうしたんじゃあない、俺が好きこのんでそう思っているわけだ。

――なぜだい、そうでもしなきゃあ、小説は書けないのかい。

――そんなことしなくたって、書けるだろうがな。

——それじゃあ、なぜだい。

——コンプレックスだろうな。

——コンプレックスねえ……。違うんじゃあないか。コンプレックスなんか持つべきじゃあない。世間から距離をおいて生きることは必要だろうがな。小説でも書こうとする人間には、それが必要なんだ。兄貴は直観的にそれを知って、解ったことを実行しているんだ。禁欲を自分に課してさ。

——禁欲を自分に課して……。冗談じゃあない。俺はひどい、だらしのない人間だ。

——あえて卑下しなくてもいい、と弟は笑いながら言いました。すでにそこはかとなく酔ってきたような口調でした。

——………。

——なあ、兄貴、あんたは親父に遠慮している。そうじゃないか。あんたの言い方にはいつも弁解の響きがある。世間に対してだって、何もひけ目を感じなくたっていいんだよ。弟にそう言われると、私はちょっと息を呑んでしまい、彼が続けて何を言う気なのか、聞いてみようと思いました。

——文学をやる気なのだろう。それなら、俺は文学をやる、お前たち俗人とは違うんだ、という顔をしていればいいじゃあないか。喋る必要があったら、文学とは深いものだ、解りにくいかもしれないが、解るように努力したらどうか、と主張すればいいじゃあないか、と弟は言うのです。

私は依然黙っていました。すると弟は、

——そうじゃあないか、と念押ししますので、

——あんたは直情径行だな、とはぐらかしながら笑いました。

——直情径行で悪いかい、と弟は言い募《つの》ります。

——玄さん、俺が文学を止めないでやり続けていることは、文学は深いと主張しているってことなんだ。

——そうかもしれない。しかし、兄貴は率直じゃあない。

——俺は照れているんだ。

——照れているんじゃあない。間違って、小さくなっているんだ。

——やっぱり、コンプレックスが表に出るのかな。

——そのことを言ってるんだよ、必要ないって。

——玄さん、文学なんてものは大きな顔をしてやるもんじゃあない。

——文学をやる以上コンプレックスがつきまとうというのかい。

——というよりも、コンプレックスを抱いた人間が文学におもむくってことだ。

——だれに対してひけ目があるのか。

——どうしようもないことだ。生まれつきだろう。

——生まれつきのコンプレックスか。及川晃一であることのコンプレックスか。

弟はかなり酔っていたようでした。話の筋道が乱れてきたわけではありませんが、早口に、たたみかけるような言い方になっていたのです。彼の息の音が聞こえ、肩が上下するのが見えました。彼がムキになるのは、相手が肉親であるからには違いありませんが、彼は妙にひとのことに身を入れる性質なのです。

弟はウイスキーを、二人のコップを並べて注《つ》ぎ足し、一個を私に差し出しました。そして私よりずっと小気味よく飲みながら続けたのです。

——及川晃一であるがゆえのコンプレックスということなら、俺にも解るような気がするんだ。しかし、そのコンプレックスが感じられるということは、それだけ内省的なタイプだということだろう。何も悪いことじゃあない。

——悪いことだよ、そんなことが解るのは身の毒だ。

——身の毒かもしれないがな。兄貴、そのせいで親父や、それから世間に対してひけ目を感じるというのは、理に合わないじゃあないか。

——たしかに理に合わないな。

——兄貴は神様から借金しているのさ。

——え。

——親父から借金しているわけじゃあない。

——親父のごやっかいになっているがな。

——俺の言う借金もごやっかいも同じ意味だけど、そんな借りはもともとないんだ。だから、返済する必要もない。

——そうかな。

——兄貴にしろ俺にしろ、そのうちに足腰の弱った親の面倒を見るだろうが、それは別に借金の返済じゃあない。

——そうかな。

——借金というなら、親父から借金しているのは俺だよ。兄貴は大学にいるうちに、親父の事業は継がないと宣言したな。しかも強情だった。だから俺が家を継いだ。これは俺が嫌いな経済の考え方からするなら、親からの借金と言えるだろうな。資本や土地、建物だけじゃあない、おとくいさんや経験まで頂戴するんだ。だから俺は、たしかに返済しなければならない。

——玄さん、あんた、何を言わんとしているのか。

——だから俺は経済は嫌いだと言っているじゃあないか。借金は返済しなければならない。

しかし、これは経済の原則だ。将来親の面倒を見ることは、経済とは何の関係もない。愛だよ。

私はいける口ですが、酔いにくい体質です。アルコールが入ってしばらくすると、かたわらの人に酔いが回って行くのを眺めることになるのです。それにしても、弟が私を力づけようとして理屈を考えてくれたことには、感謝していたのです。彼の理屈には説得力がありました。そうです。私も文学などやる以上は、経済に重きを置きたくないタイプに違いありませんが、実は、臆病者の私は、弟よりも経済にこだわっていたことを思い知らされました。

——堂々と夕日を眺めていればいいんだよ、と弟は言いました。

——堂々と夕日を眺める……、と私は鸚鵡《おうむ》返しに言って、苦笑しました。

父の事業所、及川製作所には敷地の一隅に住みこみの木谷という初老の夫婦がいて、戸締まりや事務所の掃除などを担当していましたが、暗く赤っぽく電灯をつけたその家に、三輪静枝が寄りこんでいました。弟と私が事務所から出てきますと、物音でそれとわかったのでしょう、その家からこっちへ歩み寄ってきて、

——わたしこれから帰りますから、お送りしましょうか、と声を懸けました。

——君はまだいたのか。お腹は空かないのか、と弟が聞きますと、

——大丈夫です。木谷さんのところで話していておそくなったもんですから、どうせならお

待ちしようと思って……、と彼女は淀みない調子で言いました。

——ありがとう、と弟は当然のことのように言い、私をうながして、彼女の車に乗りました。弟の住むアパートから事務所までは七、八百メートルあるのです。弟は車を持ってはいたのですが、この夜は使うわけにはいかなくて、歩くよりほかにテはなかったのです。私もまた、もし静枝がいなかったら、駅前まで、これも七、八百メートルは歩かなければなりませんでした。

彼女はまず弟を、そのアパートでおろしました。そして、昨日のように、私を家まで送ってくれるというのです。道のりは四キロほどありますし、暗くなっていましたから、私には散歩したい気持ちもありませんでした。だから、そのまま彼女に頼もうと思いながら、一方で、自分の昨日のやり口を意識してしまいました。瀬戸川堤に戸惑ったようにしばらく止まっていたこの車の様子を、思い浮かべたのです。

額の上のバックミラーを覗《のぞ》きますと、前方を見つめている彼女が映っていて、運転に専念しているせいか、特にあの眼が真摯《しんし》に見えましたから、それだけに、後悔が湧きました。後悔のようなものと言うべきかもしれません。なぜなら私は、結局のところ、自分が自分であることを変えられるとは思っていませんでしたから。

——昨日は済みませんでした。瀬戸川から帰れなんて言って、と私は言いました。

――小説のことを考えたかったんでしょう。わたしはあれで結構ですけど……。

――それにしても、悪いことですよ、あんなふうに言うのは。

――そうなさりたいんなら、正直に、その通りおっしゃるのがいいんじゃないでしょうか。

――あんなふうに言うくらいなら、最初から車なんかに乗せてもらうべきじゃありません。

――かまいません。わたしを利用してください。

――………。

――そのかわり、小説を読ませてください。

――おもしろくありませんよ、僕の書くものは。

静枝に、さし迫って、あなたの小説を見せてくれ、と言われますと、私はたちまち神経質になりました。避けようもなく、体がそうなって行くのが感じられるのです。このような条件反射めいた傾向が身についてしまったのは、なぜでしょうか。一つには、自作を、あまりに勿体《もったい》つけて考えていたからでしょう。自分が見せたい人に見せるのならいい、見せてくれと言われた場合には、相手を見きわめなければならない、と私はかたくなに考えていたのです。

かつて伊吹綱夫が、ある青年が文学について話しているのを聞いていて、感想を述べたことがあります。彼は言いました。あの人は書くことを株を買うのと同じように考えている。今は安い株がやがて高くなるのは、情勢が変わり、その効用が高まり、人々が思惑にとりつかれるからで、どんな株にも絶対的な価値はないけれど、文学には、時の価格には関わらない、ゆるがない価値がある。これは信じていいことなんだ。

伊吹綱夫がそう言ったのは、事実そうであるかどうかということよりも、そう信じなければ私たちが陥った悲しい気分からぬけ出すことはできない、と判断したからでしょう。このように伊吹が提唱したのは正しかったのでしょう。正しかったに違いありません。しかし、結果として、私たちは文学を神聖視して、完全に洒脱の気分をなくしてしまい、痙攣《けいれん》をおこしそうな狂信状態にはまりこみつつあったのです。文学は悪霊のように、私たちを締めつけにかかっていたのです。

——わたしには、きっとむつかし過ぎるんでしょうね、と三輪静枝は言いました。

彼女の声は、私のぎごちない体にいどみかかってくるようでした。

——なにしろ、書き方がヘボですから、と私は、固い、われながら興醒めするような声を出しました。

——でも、見せてください。藤枝へ持っていらっしゃったんでしょう。

——大部分は茶箱に入れて、親父のところの物置に寝かしてありますがね。最近書いた二篇は僕の部屋にあります。

——今から、その原稿をお借りしてもいいでしょうか。

——二篇のうち一篇をあなたにあずけますから。

——長くはないんでしょ。

——長くはありません。二篇とも四百字詰めの原稿用紙三十枚ほどです。しかしね、一篇は僕が読み返したいんです、推敲《すいこう》したいんです。それで代わりに、友達の書いたものを読んでください。これはとても良い出来映えです。

私はなぜ、まったくの思いつきで、あんなことを言いだしたのでしょう。そう言いながらも、彼女が伊吹綱夫の小説を読みこなせるかどうか、半信半疑でした。いや、ほとんど信じていませんでした。自分の作品のことよりも、伊吹の作品のことのほうが気になりました。どう考えても読ませる相手を間違えている、後味の悪い思いをするだろうな、と思いました。

本当の自分

瀬戸川の橋を越えたところで、私は静枝に言いました。

――次の交叉点を右に折れてください。一松屋ってあるんですがね、そこへ寄りたいんです。

一松屋を探し出すのには骨が折れました。知っているつもりでも、つきとめようとすると、はぐらかされてしまうのです。目的の家を何度かかすめて、同じ路地をグルグル回りしたあげく、私はようよう車から出て、一松屋の玄関に立つことができました。しかし、杉崎たみはいませんでした。祭りの後片づけのために、近所の祭典係《けい》の家に出向いているというのです。祭典係という言葉がなつかしく響きました。少年時代このかた、全然耳にしなかったのですが、忘れることはあり得ない言葉です。

祭典係の家は探すまでもなく、それとわかりました。七、八人の男女が集まっていて、そこにはまだ祭りの雰囲気が尾を引いていたのです。杉崎たみは、表の部屋で働いていました。提灯の底にこびりついた蠟を丁寧にかき落としていました。その上がり框《かまち》は低く、しかも、彼女は仕事に専念していましたので、私はしばらく彼女を見下ろしていたのです。いかつい感じの肩や、節くれ立った手の指などに、見おぼえがありました。

——たみさん、と私は呼びました。

彼女は見あげ、私を認めると、自然に、うれしそうにほほ笑みました。顔には、左右対称の皺《しわ》が規則的に盛りあがって、美しいと言っても大げさではないほどでした。その肌は磨いたように艶があるのです。

——え、晃一さん。久しいですねえ。お帰んなさいまし、と彼女はすぐに、当然の挨拶のように言いました。

私は、彼女の滞《とどこお》りない反応は期待していませんでした。彼女と別れてから、十二、三年にもなるのです。その間、彼女はどこかで私を見かけていたのかもしれませんが、私には、長い期間をおいて再会したとしか思えませんでしたから、彼女の記憶の鮮やかさに驚いたのです。この時杉崎たみは七十三歳でした。

——たみさん、よく覚えていてくれたな。

——覚えていますとも。晃一さん、どっか体を毀《こわ》しましたですか。

——なぜ、そんなふうに訊くのか。

――そういうわさを聞いたもんですからね。

――体を毀したなんてことはない。まあ、普通にやっているよ。

――そんならいいですがね。どうして帰って来なさったかと思いましたもんで、と彼女は不審そうな顔をしたままでした。

私は、杉崎たみが私の帰郷をすでに知っていたことにも驚いたのです。彼女の言ったことは、私の心にひっかかりました。私はその疑念を解きたかったのですが、それだけに、ズバリ質問することができませんでした。自分の関心を臆面もなくあらわにするのが、私は嫌いなのです。

――僕は病気ってことになったのかな、と私は瀬踏みする言い方で切りだしました。

――その話は、この祭典係《けい》で仕事をしながら聞きましたっけ。大蝶《だいちょう》油屋から洩れたんじゃあないですかね。

その油屋は及川製作所へ出入りしていましたから、私の帰郷を耳にする機会が、あるいはあったのかもしれません。油屋が喋って、やがて〈体を毀した〉とどこかで尾鰭《おひれ》がついたものかもしれません。それにしても、私がこだわったのは、そんな尾鰭を笑い捨てるだけの勢いが自分に感じられなかったことです。私は姿勢が悪く、瘠《や》せて、顔色は土のようだ、小鼻のまわりや眼の下には隈《くま》がある。声にも力がないし、総じて、私は影が薄い……。深夜、想いが高まったり、自然の中にいて気持ちを清められたりすることだってある、そんな時には、うらぶれた自分を忘れないでもないけれど、しばらくすると、逃れようもなく、病気と隣り合わせのような自分が自分に見えてきてしまう。私は、〈体を毀した〉といううわさを、根も葉もないと言いきってしまうことができないのです。

——病気じゃあないようだよ。……、たみさん、相談だが、あんた、家《うち》へ来てくれないもんかと思って。

——お宅へ……、ですか。

——そうだ。僕は今度、死んだ祖父《じい》さんの隠居所へ住むことになったんだけど、あんた、あそこへ来て、まかないをやってくれないか。

——住みこみで、ですか。

——そうさ。

——どうでしょうかね。晃一さんのお世話ができますかね。

——一日一食こしらえてくれればいいよ。あとは掃除、洗濯……。洗濯はどっちでもいいな。お袋のところでやってもらったっていいから。

——草取りもありますからね、お屋敷には、と杉崎たみは笑いだしました。

爽やかな笑いで、私は、彼女の機嫌が上々であることを知りました。彼女は、真夏の草取りさえも楽しく思い描いているかのようでした。

——僕は徹夜することが多いんだ。昼間、正午ごろ起きてくるよ。念のためにもう一度言っておくと、体を毀しちゃあいないからな。

——…………。

——やってくれるかね。

——承知しました。

——頼むよ。

——晃一さん、甘酒を飲みますか。この家に沸かしてありますけど、と彼女は言いました。甘酒だったらなつかしいというだけでなく、欲しかったのです。私も、酒を飲んだあとで、甘いものを要求する体質でしたから……。私がご馳走になりたいと言いますと、杉崎たみは一旦奥に入り、重たそうな飯茶碗《めし》を両手で胸の前に捧げるようにして、持ってきたのです。そして、畳の上へ置きますので、私もなに気なく、彼女と同じような持ち方をして、それを口に運ぼうとしたのです。ところが、茶碗が滅法熱かったのです。私は危なくそれを投げ出しそうにしながら、ようよう畳の上に戻すことができました。

——悪かったですね。火傷《やけど》をしたでしょう、とたみさんは謝りました。

本気で謝っているのです。

——跳びあがりそうに熱いな。甘酒は熱くするんだっけな、僕は忘れていたよ。

——大丈夫ですかね。

——大丈夫だよ、と私は掌をこすり合わせていました。

杉崎たみは一旦は顔を曇らせ、次の瞬間には、その反動で微笑しました。無邪気な、爽やかな笑顔です。それにしても私には、こんなに熱い茶碗を平然と捧げ持っていた彼女が不思議な手の持ち主に見えてきました。……昔の労働者の手か、と私は心の中で呟いていました。彼女も、そしてその手も、私を落ちつかせる力を具えているように思えました。

私は注意して、左手の指でその縁をはさみ、右手の指を糸底に添えて、茶碗を持ちあげました。そして、もどかしくすすったのです。一気に飲めるような代物《しろもの》ではありませんでした。茶碗を畳に戻して、彼女に言いました。

——もう一つ甘酒を貰《もら》えないかしら。僕を自動車で送ってきた人が、車の中で待っているから、その人にも飲ませてやりたいんだ。

——運転手ですか。

——及川製作所の事務員さんだ。

——甘酒ならいくらでもありますから、飲ませてやってください。

――甘いね。甘酒ならではの甘さだ、と言いながら、私は上がり框《かまち》から立ちあがりました。

静枝は崩れた土塀に寄せて車を止め、運転席に坐って、所在なげに前方を見つめていました。

――待たせましたね、と私が声をかけますと、

――もう終わったんですか、お話は。……ここで虫の声を聞いているのも、悪くありません
けれど、と彼女は言いました。

――甘酒を飲みませんか。

――甘酒……。あるんですか。

――あるんです。好きですか。

――大好きです。

私は彼女をうながして、祭典係《けい》の家へ連れて行きました。すると杉崎たみは、もうすでに甘酒の茶碗を二個、上がり框に並べて、その向こうに給仕の女といった恰好できちんと坐っていたのです。静枝は恐縮して、念入りに挨拶していました。

――ありがとう、おばさん、わたし甘酒が本当に好きなんです、と彼女は言いました。

――そう言ってもらえると張り合いがありますよ。お代わりしてくださいね。

――お茶碗が大きいから一杯でいいですけど。

三輪静枝は早速すすり始めました。私ほど熱がりではないらしく、茶碗を置こうとはしませ

ん。

二階では宴会をしていたようでした。慰労会なのでしょう、十人程度の集まりか、と私はそれとなく想像していたのです。なぜそんなふうに察したかといいますと、時々階段を登り降りする足音が聞こえ、それが台所につながっているのが感じられたからです。しばらくして、私がのろのろ飲んでいた甘酒が茶碗に三分の一ほどに減ったころ、武彦が姿をあらわしました。杉崎たみに、長持ちの鍵を借りたい、と言いにきたのです。たみさんはエプロンの下に手を差しこんで、懐からかなり大きな鍵をとり出して、投げるようにして、武彦に渡していました。こうしたやりかたにも、たみさんは貫禄を感じさせるのです。武彦がたみさんを引き立てるのかもしれません。彼女の前に出ると武彦は、しっかりしたお祖母さんに見すかされている孫といった感じなのです。

もっとも、武彦はたみさんと血がつながってはいないでしょう。藤枝の町内には、親戚でもないのに親戚のようになってしまった人間関係があっちこっちにあるのです。私は、何も知りませんでしたが、杉崎たみと武彦はそんな具合だと睨《にら》んだのです。

武彦と私は小学校の同級生でした。普通の意味では、仲のいい友達ではありませんが、別の見方をすると、一番親しかったといえるのです。武彦とたがいにウマが合ったというのではなくて、彼が一方的にすり寄ってくるのです。その寄り添いかたには、微妙な感触があったのです。

小学校四年の時、私は担任の先生に叱られて、ひどく気落ちしてしまったことがあります。その日の午休みに、校舎のはずれの人けのない廊下にいて、校外の風景を眺めていました。自分が今いる柵の中には、どぎついほど活気が渦巻いているけれど、柵の外には、あんなに静かに麦の穂が生え揃い、一筋の道にはまれにしか人が通らない、あっちへ行きたい、と校外にあこがれていたのです。するとそこへ、低音の歌が、どこからともなく聞こえてきました。高くはずむ生徒たちの声でもありませんし、強圧的な先生方の声でもありません。小学校ではおよそ聞けない、地を這《は》うかすみのような声が、私の悲しみの中へ忍びこんできました。その歌を歌っていたのが武彦だったのです。うまく歌ってはいませんでした。それどころか、へたくそだったのです。総じて低く、しかも、下がるべきところで上がり、上がるべきところで下がるようでした。歌詞を聞けば、往時の流行歌と小学唱歌でしたから、だれにだって調子がくるっているとわかるのです。まったく別の曲を歌っていると受け取れば、独特な節回しといえるかもしれませんが……。

武彦はこのように、歌いながら寄り添ってきて、私と並んで立ち、歌い続けたのです。やがて始業のベルが鳴り、二人は、みんなと一つ流れになって、教室へ入って行く、……それだけのことでした。

最初私は、二人が出会ったのは偶然なのだろう、と考えました。しかし偶然ではありませんでした。同じことが四、五回もあったのです。運動場の果ての松林の中で二回、それに、プールのほとりでも、教室の窓辺でも、私は彼の歌声を聞きました。ハッとしてかたわらを見ると、彼がその都度並んで立っているのです。不思議に思えました。しかし私は、これも自分の経験不足にもとづく感想で、経験を積めば、事は不思議でもなんでもなくなる、と思いましたから、自らいぶかしがらないようにしていたようなところがあります。この低音の歌について、武彦に質問したことはありません。自分に問うことさえしなかったのです。

――及川君だね。よく来てくれたね。会うのは何年振りかなあ、と武彦は訊きました。

――十年振りかな、ざっと。もっとかしら。

――これから藤枝へ住んでくれるんだろ。

――本当のとこ、藤枝へ置いてもらうって感じかな。

――君、すぐに帰りゃしないだろ。

――え。

――今夜さ、僕と飲んでくれるんだろ。

――帰らせてもらうよ。

——なぜ……、と武彦は私の眼の中を覗きこんできました。

とんでもないことを言うじゃあないか、と咎《とが》めているような表情をしています。

——そのつもりで来たわけじゃあないから。

——これから用事があるのかい。

——用事はない。

——それならいいじゃあないか。

——………。

——そんなにむつかしいことじゃあないよ。ちょっとあがって、飲んでくれりゃあいいんだから。

むつかしいことではない、と武彦が言っているのが、妙に身に沁みました。常識はそうであっても、私にとっては、彼の誘いに乗るには抵抗があったのです。俺はここでは穏かな気持ではいられない。外国で病気に罹り、藤枝へたどり着いた及川の息子にされそうだから、と思えて、このところはなはだしくなっている人見知りが突然頭をもたげ、私は、自分の体が微かに顫《ふる》え始めたのを意識したほどです。そんな状態でしたので、不毛の想像が湧きあがりました。二階の人数は五人前後だろうか、十人以上なのだろうか、仲間に入ったとして、自分はどんな顔を維持すべく努めるであろうか、喋るたびに唇が寒くはないだろうか、などと思いめぐらし、これほど気兼ねしてしまったんだから、ことわる権利がある、などともって回って、拒絶の意志を再確認したりしました。

――帰らせてくれよ、都合があるんだ、と私は言い張りました。

――どういう都合なの……。

――説明はできないけど。

――解ったよ。

――え……。

――そのお嬢さんと二人になりたいんだろ。

――そうかもしれない。

――先ず僕たちと飲んでさ。それから二人きりになればいい。

――駄目だね。

――駄目かな。……お嬢さん、一緒に飲んでくださいよ、二階へ上がって。

私は一応まともなやりとりはしていましたが、顔のこわばりを隠しきれなかったに違いありません。……自分がどんな外見を呈しているかははっきりしなくても、気持ちが追いつめられていることは自覚していました。杉崎たみは、私の陥った状態を鋭敏に感じとったのです。

彼女はキッとなって、武彦のほうを見ました。

——お前もくどいのう。晃一さんは都合があるんでしょうよ。帰ってもらえばいいじゃあないか、と言いました。

——だからさ、その理由《わけ》を訊いているじゃあないか。理由がわかればいいさ、と武彦は言い張りました。

——生意気をお言いでない。お前は人様にそんなえらそうな口がきける柄《がら》かえ、とたみさんは声を荒らげました。

歯ぎれもよかったのです。啖呵《たんか》の域に達している口調でしたから、私はハッとしました。それ以上に胸を衝かれたのは三輪静枝だったようです。

杉崎たみはいきなり武彦をくじいたのです。徹底しすぎているきらいがあって、私も当惑したほどですが、一方では〈よく言ってくれた〉とも思っていました。

——なんで、そんなふうに言うのか、と武彦は頸すじを掌でこすりながら、ブツクサ言いました。

——晃一さん、帰るんなら、帰っておくんなさい。遠慮なんかいりませんですで、とたみさんは私に言いました。

——なんで怒られなきゃあならんのか、さっぱり解らん、と武彦は言いました。

彼のその表情は同情をそそりました。たみさんの意気ごみに圧倒されてしまい、武彦は張り合うこともできなくて、呟いているのです。見ていて、私の気分はかなりほぐれました。

——武彦君、一杯やらせてもらってもいいかい、と私は言いました。

——そうか、仲間に入ってくれるのか。

——ちょっと寄らせてもらう。

——気のおけない連中だからな、バカを言っていればいいんだよ。

——その気になったんでしたら、お上んなさいよ、とたみさんも普通の声に戻っていました。

——お嬢も上がってくださいよ。あんたが来てくれれば、みんな喜びますよ。今まで婆さんで我慢していたんですから、と武彦はたみさんに当てつけを言っていました。

武彦と静枝と私は二階へ登りました。いたのは男たちで、彼らは新参者に何の反応も示さなかったのです。口数少なく、食べたり飲んだりしているだけでした。

武彦は静枝と私のために、大皿から小皿へ煮豆や鮎の甘露煮や蒲鉾をよそってくれ、さかずきもとり寄せてくれました。

——こんなもんで悪いがな。藤枝の宴会のやり方も知ってくれや、と彼は言いました。

——知っているよ。

——パリと較べたら、うんざりするだろうな。

――そんなことはないったら。

――退屈するかもしれんな、悪いな、こんな町で。

武彦は上機嫌でもありましたし、静枝と私を燥《はしや》がせようとして、あれこれ持ちかけてくるのです。私は、かなりシラけていました。気勢をあげることとか、激励し合うことなどはまっぴらでしたが、この会場にはそんな気配はまったくなくて、十二人の人々が暗く赤っぽい電灯の下に、頭をつき合わせて、飲み食いしているだけなのです。それでも私は、気が進まなかったのに人寄りの中へ入ったということだけで、妙に牽制されてしまったのです。

静枝はそんな病的に神経質な反応には縁がないのでしょう、武彦のサービスに自然に応じて、

――あなたは市長さんじゃないの、と冗談を言いますと、

――影の市長だよ、と彼は笑っていました。

私の前には、二人の男が坐っていました。一人は瘠せた年寄りで、見かけからも、話すことの内容からも、七十歳を越えているに違いありません。彼は私の祖父のもとで働いたことがあり、祖父に説得されて、大阪の出張所の責任者になったこともある、と昔を振り返って語りました。眼が弱っているからでしょうか、語るにつれて涙が溢れて目じりの皺に溜まるのです。

私の前に坐っていたもう一人の男は、言うまでもなく武彦でした。彼は小学生のころからの

癖で首を左にかしげ、左手を畳についで、すり寄る恰好でしきりに質問しました。

——君はどのくらい藤枝を留守にしていたのか。

——八年だよ、昭和二十七年に出て行ったんだから。もっとも最初のうちは、時々帰っていたけどね、と私は応えました。

——ヨーロッパへ行ったのはいつ……。

——三十一年だよ。発ったのがちょうど今ごろだったな、秋だった。

——横浜から船で行ったんだろ。

——うん。

——よかったな。僕も行きたいと思ったことがあったよ。うまく密航はできないかと思っちまって、夜も寝ないで考え耽ったことがあった。

——僕のことを知っていたのか。

——知っていたさ。及川君が行ったって聞いたもんだから、僕も考えちまったのさ。君は知らずにいるだろうが、君の渡航は結構、藤枝の青年たちの間へ波紋を投じたんだ。……僕たちを代表して奮闘してくれたか。

——残念ながら、駄目だったさ。

——一応やったんだろ。

——まったく駄目だったさ。

——病気にかかっちゃったんだって……。

——そんなことはない。ずっと以前から心臓が少し悪いんだけど、これはヨーロッパで発病したもんじゃあない。

——心臓が悪いのか。弁膜症かい。

——そうだ。

——そんな体でアフリカまで行ったのか。アフリカへも行ったそうじゃないか。

——酔狂だとは思ったけどね。一旦日本へ帰ったら出直すことはもうあり得ないだろうから、思いきって行っておいたのさ。

——そのうちに市役所で講演を頼みにくるだろうな。

——やだよ、講演なんか。

この辺までは、会話も辛うじて進みました。時々かたわらの老人が口を挟み、まったく関係ないことを指で涙を拭き拭き喋っては、私に同意を求めるのです。

私たちだけが話していて、静枝は黙っていました。酒は飲みませんし、料理もほとんどつまむことなく、ただひかえているのです。私は気になりましたので、彼女を注意して見ていたのですが、退屈しているのでもなく、耳を澄ましている様子でした。聞いているだけで、満足らしいのです。

武彦は続けました。

――及川の息子は、せっかくヨーロッパまで行ったのに、悪い病気を背負って帰ってきて、これから療養するんだそうだって言うもんだから、僕は情けない気がしたんだ。

彼が、しつこい感じで、そう言うのを聞いた時、私は急に腹を立て、やっぱりこんな二階へなんか登らないほうがよかった、と思いました。武彦が、さながらこの町のうわさ話の口調で、それを喋ったせいでもあるのです。

事実ではありません。ですから、別に堪《こた》えるいわれはないはずです。しかし私は、このうわさをきっぱり振り払うことができないのです。私は猫背で、トボトボと歩く、他の歩き方はできなくなっている……、と自覚していました。それに、この町へ住んでも従来通り、徹夜、徹夜の生活に入らなければなりませんでした。幻聴がするほど静まりかえった深夜、部屋にひとりいて、妄想にとらえられてしまうと、先行きが恐ろしいことになるのです。お前は病気だというわさも、知りつくしている藤枝調で繰り返し響き、かぶさってきて、私を暗くするに違いありません。病気でない、と反論しても、それではお前は、なぜそんな姿をしているんだ、と言い返されそうです。

――その話はもうわかった、と私は武彦に言いました。

声が顫《ふる》えるのを感じて、私は気持ちを抑《おさ》えなければなりませんでした。

——小説を書いているんだってな。

——うん、書いているよ。……そんなことまで知られたのか。

——少し休憩したらどうか。

——まあ、病的な作業かもしれんな。

——しかし、病気じゃあないんだろ、と彼は斜《はす》に、すり寄る体恰好をして、私の眼を覗《のぞ》いています。

——なぜそんな詮索《せんさく》をするんだ。

——僕は詮索なんかしていないよ。

——……。

——病気でなきゃあ、それでいいじゃあないか。

——何を言っているんだ、馬鹿野郎。

自分の怒鳴る声が聞こえました。余裕がないのは当然としても、弱々しく、悲鳴の一種のようだったのです。周囲の人々に、そんな実情を見すかされはしないかと、心のどこかで心配していました。

武彦の反撥するのが感じられました。その眼にありありと敵意が現れ、一瞬、殴りかかってくるのではないかと思えたほどです。しかし、彼は怺《こら》えました。彼の眼から敵意はすぐに消え、二度と現れませんでしたが、気持ちの動揺はしばらく続いたようでした。それでも彼は、——怒らんでくれ、及川君、と言いながら徳利を持って、自制しかねて顫《ふる》える手で私の杯へ酒を注ぎました。

杯を持つ私の手も顫えていましたから、酒はほとんど全部テーブルにこぼれてしまったのです。それをこぼすまいとして、二人が協力し合うのが、空《むな》しくもあり、滑稽でもありました。

その時私は、武彦は自分よりはるかに大人で、気持ちが練れている、と感じたのですが、必ずしもそうではなかったのです。私が暴言を吐いた時、彼はよく我慢しました。しかしその分、いつまでも鬱憤《うっぷん》をくすぶらせていたのです。

——八年もここにいなかった君が、来てくれるというんだ、なにもいがみ合うことはないじゃないか。仲良くやろうよ。それしかないだろう、と彼が言うので、

——つき合わないってテもあるな、と私は思わず言ってしまいました。

——なぜそんな情けないことを言うんだ。小学校からの友達だろ。

——………。

——僕を君の過去の中に葬ってしまう気か。切り捨ててしまう気か。小説家ってそういうもんではないだろう。

——小説家ってどういうもんかな。

——解らないのか、及川君。

——解らないな、僕は小説家なんかじゃあないから。

——そんなふうに言ったって駄目だ。僕はごまかされはしない。僕は大して小説を読んだわけじゃあないが、僕にも解っていることがある。どんな小説家だって、自分とは誰か、と考えているだろう。自分はどこにいるのか。本当の自分は、少年時代の深い夢の中に埋まっているんだ。まず掘り出さなきゃならんのは、その本当の自分なんだ。……これは僕が考え出したことじゃあない。ひとの意見だ。読んでおぼえたことなんだが、僕は納得している。たしかにその通りだ。そうだろ、そうじゃあないか、及川君。

——解らないな。

——解らない……。解らない、と。君は小説を書いているんだろう。

——書いている。

——だから僕は言ってるんだ。君が藤枝へ帰ってきた理由《わけ》はそこにある。君は自分は誰であるか、どこから来て、どこへ行こうとしているのか。問い直そうとしてここへ帰ったんだ。

武彦が喋っているのを、杉崎たみが見ていました。彼女は階段の降り口に坐っていて、私たちに横顔を見せていましたが、時々こっちに視線を走らせていたのです。そしてついに、たま

りかねて、

――お前、いい加減にしたらどうかえ、いっぱしの口を利いて、聞き苦しい、と武彦に向かって言いました。

――何を、このくそばあ、と武彦が言い返しますと、

――お前、酒癖が悪いのう。自分で気がついているか、と杉崎たみは平然として応じるのです。

――どうかなあ。

――それじゃあ教えてやるが、お前は酒が入ると、しつっこくなるんださ。迷惑な性質だよ。よく覚えておいておくれよ。

――覚えられんな。

――ふん、そのくらいのことが覚えられんのかえ、素馬鹿《す》だからの。

杉崎たみは横向きに坐ったままで、こっちに顔を向けて嚙《か》みついていたのです。少し上目づかいに武彦を睨んでいました。その眼がキラリと光るのです。情況が情況なだけに、気のせいで、彼女の眼がそんなふうに見えるのかと思ってみましたが、そうではなさそうです。

武彦がいきり立ってきましたので（私も平静ではありませんでしたが……）、同席の人々が止めに入りました。手が出るところまで行かないにしろ、興奮は渦巻いていました。武彦は普

通の状態ではありませんでした。酒が醒めて、顔も首筋も青くなってしまい、引きつけを起こしたように息を吸っていました。人々は、彼が悪酔いして取り乱したように見なして、場合によったら、圧えつけかねない様子でした。彼は哀れでした。

私は十分知っていたのです。今夜の武彦は終始ほとんど公正でした。初めのころ、私の病気のうわさを持ち出したのも、心配してくれたともいえます。悪意など少しもなかったのに、いきなり私が、馬鹿野郎と怒鳴りつけてしまいました。それからも彼は、ムカッときたのを抑制して、仲良くなろうと努めたのです。その間話していた、文学者とその故郷に関する意見も(彼は受け売りだと言っていましたが)、考えさせるものがあったのです。しかし、またも杉崎たみにののしられてしまったのです。武彦の顔は、憤懣《ふんまん》やるかたなくて、うつけてしまったのです。

シャンとしていたのは杉崎たみでした。階段の降り口に坐ったままで、啖呵を切った際にも、姿勢を崩さなかったのです。眼はあやしく光っても、表情は冷静でした。人々が止めに入って座がごった返した時にさえ、平気な顔で静枝と私のほうに近づいてきて、

——二人ともお帰んなさいよ。こんなとこにいてもつまらないでしょうに。いくらお祭りだっても、もう少し気がきいた終わり方ができないもんでしょうかの。悪かったですの、と言いながら、私たちを急《せ》きたてる仕ぐさをするのです。

私は、今夜の喧嘩《けんか》の火つけ役は自分だと感じていましたから、彼女のこの言い方にはむずがゆい気がしました。

静枝はとにかく、私は、それほど、その二階から立ち去りたいとは思っていなかったのです。こうなってしまったのにトンズラするのも潔くない気がしました。しかし杉崎たみのやり方は、ひとをその気にさせてしまうのです。巧みに家畜を逐《お》うように、私たちを逐って、祭典係《けい》の家から立ち去らせました。

私たちが表へ出た時、たみさんは上がり框《かまち》に立っていましたので、

――いつから来てくれるかね、と私は訊きました。

――明日行きますで。

――夜にしてくれないかな。七時ごろにしてくれないか。

――わかりましたです。

静枝と私は彼女の車のほうへ歩きました。

――とんだ騒ぎになっちまいましたね、と私は詫びる調子で言いました。

――本当ですね。びっくりしました。

――僕は武彦って旧友に同情しちまうんです。結局、側杖を食ったんじゃないんですか、あ

の人は。

――わたしは武彦さんって人に同情しません。

――彼の言ったことは別に悪くなかったでしょう。

――悪くなかったでしょうね。でも、わたしは、ああいうタチの人って好きじゃあないんです、と彼女は残酷にきっぱり言いました。

――じゃあお婆さんに賛成ですか。

――賛成です。あのお婆さん、大好きです。

私たちは彼女の車まで来ました。そこはお寺の裏手で、崩れた土塀のまわりに草が生い繁っていて、広い範囲で虫が鳴いていました。

――僕はここから細道をたどって、家へ帰ります。車は行けないんですよ。なつかしいコースですから、歩いてみます、と私は言いました。

思いつきでそう言ったのです。草の感触と、虫の声の中へ深く分け入って、現実離れした気分を味わいたかったのです。うまく自己暗示にかけることができれば、椿事の悪い後味を忘れて、夢の中にいるような気分になれるだろう、と予感しました。

――わたしも歩いてみようかしら、車をここへ置いて、と彼女は言いました。

――あなたは車で帰ってください。遅くなりますよ。

――………。

――僕がさまようコースはあてになりませんから。

――ついて行くわ。迷惑なんですか。

――途中で自由に変更できたほうがいいんです。どこへ行くのか、自分を放してやるんです。

――言い訳してる。迷惑なのね。

――………。

――あなたは冷静ね。

冷静どころか、と私が言いますと、

――あなたは冷静なんです。お酒飲んで何かあったって、自分を手ばなしませんもの、と静枝はからむ口調になりました。

彼女は上目づかいに私を見ていました。彼女のうしろに暗い外灯があって、顔は逆光の中にあったのですが、その眼が蛇の鱗のように光っているのがわかりました。瞳が私の眼の奥を覗《のぞ》きこんでいるのです。私は釣られてその眼を見返してしまい、しばらくそのままだったのです。眼から眼を離さなければいけないと焦っていました。

彼女は痙攣《けいれん》するように頸筋を動かしたので、長いまっすぐな髪が頬をなぶりました。

――僕は今夜ショックを受けたんです。解るでしょう。だから、ひとりで考えていたいんです、と私は自分のしわがれた声を聞きながら言いました。

――つらかったんですか。

――ええ。

彼女は腕時計を暗い光にすかしていましたが、

――三時間ぐらい一緒にいました。晃一さんとは三時間が限度ね、とまた私の眼を覗きこみました。自分の言ったことは事実だから同意をとりつけたい、と言っているかのようでした。

私が黙っていますと、彼女は車に入り、

――それじゃあ行きますから、と窓から言って、エンジンをかけたのです。

丸まっちい車が、それ自体感情を持っているかのように肩をゆすりながら、無舗装の路地を遠ざかって行くのを見送って、私は歩きだしました。気持ちの整理をつけようがありませんでした。いやな思いをした後で、静枝から奇襲をくらったような気がしました。

自棄《やけ》になってしまったといってもいいでしょう。土塀の崩れた個所をまたいで草の中を歩いていると、募ってくる虫の声に包まれ、こだわりが少しずつわが身から剝がれて行くようでしたので、ホッとしました。外灯の光がとどかない所まで来ると、青い闇が迫っているのを意識しました。澄んだ水底にいる感じで、事物の形は昼の光の中にいる時より明確だったのです。

そこはお寺の本堂の裏手でしたから、私は大きな軒の下の暗がりにいて、半月に照らし出された墓石の群れを眺めていたのです。今夜の混乱が腑分《ふわ》けされて行くようでした。苛烈な経験には違いありません。しかし、もうすでにかなり遠くに感じられることが救いでした。

——気にすることはない、と私はひとりごとを言いました。

それから、本堂の軒をつたって歩き、虫の声のまっただ中に出て、細い坂道を見つけて登りました。低い丘でしたが、とにかくその尾根道へ出ると、薄の穂をへだてて古い藤枝の宿《しゅく》が見えたのです。灯のまばらな連なりで、闇に沈んでいる街道のありかが読みとれました。私にとっては、何の変哲もない光景です。しかし最前の武彦の言いぐさを思いますと、私は改めてこの町に憎しみを抱きそうになるのでした。

着想

ねぐらに戻り、とても簡単な万年床で就寝しました。そして、またまた、起きだして鉛筆と原稿用紙を枕元に運んで、東京の伊吹綱夫に便りをしたためました。

今は午前二時四十分だ。少し前に家にもどってきた。その少し前、一時半ころまで近所の暗い丘にひとりいて、松の根方に寝そべっていた、と言ったら君は驚くかもしれない。自分を慰めていたんだ。悲しみに対する応急手当てのように思えたものだから。しかし、よく考えると、これは応急手当てなんてものではなくて、抜本的な治療法かとも思える。自然は本来の治癒力を具えているからね。……などと書いても君は理解に苦しむだろう。この書き出しが乱れているように、僕の心も乱れているとでも受け取ってくれたまえ。なぜ僕の心が乱れているか。今夜不愉快なことがあって、そのショックの余波がまだ収まっていないんだ。というのは、〈及川晃一はせっかくヨーロッパまで行ったのに、悪い病気を背負って帰ってきて、これから療養する〉といううわさがあることを知らされ、傷ついたんだ。傷ついただけで充分なのに、僕は、不徳のいたすところ、その傷口を更にひろげてしまった。つまり、僕にそれを伝えた男と喧嘩をしてしまった。こんな喧嘩をすること自体、僕が悪い病気を背負っている証拠とされるかもしれない。なぜなら、僕にそれを伝えた男には、毒がなくて、むしろ僕のことを気づかって、それを言ったのだから。

喧嘩はひどい行き過ぎだったが、僕が傷ついたことには理由があるんだよ。それは僕が、この都落ちに期待をつないでいたからだ。君も知る通り、僕は郷里に縋《すが》りたい気持ちだったんだ。僕たち文学を志すものにとって、特に僕にとって、執筆の場所がいかに大切であるかは、君は自分のことのように解ってくれるだろう。ましてや僕の場合、そこは唯一無二の故郷なのだ。仇やおろそかに帰郷したのではない。随分考えた末、尊いところとして藤枝を選択したんだ。聖地は大げさかもしれないけれど……。この土地の人は、なぜ、僕のこのような意気ごみに水をぶっかけるのだろう。

君は言うかもしれない。藤枝を聖地のような所などと見なすのは、及川晃一の勝手な主観で、そんなことにだれも責任は負えやあしない、まして〈病気のうわさ〉が悪意から出たものでないとすれば、それに難癖をつける及川晃一のほうが土台おかしいんだ、と。それはそうだ。

返事をほしい。僕が今書いていることに対する君の意見を、是非とも聞きたい。それは現在の僕を立ち直らせるだろう。気落ちしてしまった男を……。

君の〈死の船〉についてだけれど、実は、この名作の原稿をある娘に貸してやることにしてしまった。うっかり、約束をしてしまったんだ。僕がこだわるのは、この娘には鑑賞力がないとしか思えないからだ。悪意はないにしても、舌足らずな批評が返ってくることだろう。その時、僕はシラけてしまうだろう。砂を噛《か》むような気持ちを味わうだろうし、後味も悪いだろう。何よりも、君に対して済まないと思うだろう。

もっとも、僕の原稿〈雛菊の谷〉も彼女に貸してやる約束をしてしまったから、こっちに関しても、僕は同様な目にあうだろうが、これは自業自得なんだから、仕方がない。君の原稿は、いわれもなく災厄に捲《ま》きこまれることになった。

しかし、君は赦してくれるだろう。そこで僕は、もうこれ以上自分の軽はずみな性質にこだわるのをやめて、もっと建設的な話題に転じよう。良いことだってある。

僕はさっきこれからの作品へのキッカケを摑《つか》んだんだ。突然こういうことが起こる。体の中でカチリと二個の歯車が嚙み合い、ゆっくりではあるが確実に動き始める瞬間がある。そこで僕は、今徐々に自分の眼に見えつつあることを、君に報告しよう。

目に浮かぶのは、切り立った固い崖に秋の真っ赤な蔦《つた》がいく条か這いあがっている光景だ。そこは昔の石切り場で、今は放置されているが、無になってしまったのではなくて、石材を採取したあとに残った空洞には、だれか過去の人の夢がいまだに活きて、跳梁《ちょうりょう》しているように思える。

その昔、切り取られた石塊は道板《みちいた》の上を滑り、舟に積まれて、二百メートルばかりは水上を行く。そこには周囲千五百メートルほどの蓮華寺池があって、石の運搬には都合がいいので、利用するわけだ。僕はその航跡を見たことはない。遠い昔の光景だから、年寄りたちの口から思い出を聞いたにすぎないけれど、想像することは容易だ。その石切り場も蓮華寺池も目の前にあるのだから……。

水面に延びて行く柔らかな航跡は、リリカルだね。積み荷は石だから舟の吃水は深いだろうとか、その沈黙には、宿命がこもっていて、苦悶のような声が空耳に聞こえてくるとか、文学少年だった僕は、自分好みの想いに耽《ふけ》ったものだ。

僕が今夜までに掴んだ小説へのキッカケは、一つだけではない。いくつかある。まだ茫漠としているものもあるけれど、少なくとも次の一つもはっきりしつつあるビジョンだ。港の光景なんだ。そこは河口を利用した舟着き場で、ゆっくり満ちてくる潮のせいだろう、波はまったくなくて、水面は銅鏡のように重たく光っている。地形の関係で、池としか見えないその一角に、マルタ（大型のうぐい）の大群が入りこんできたんだ。人間たちも、マルタほどの数ではないにしても、ドッと港へ押し寄せて、枕木を並べた河岸《かし》とか、鯖船のヘサキとか舷とか、あっちのコンクリート・ブロック、こっちの岩などへ、寄生虫のようにとりついて釣りに没頭しているんだ。港はまれな賑わいといってもいいだろう。それにしても、静かさが支配している。君も知っているだろうが、沈黙は魚釣りたけなわの証拠なんだ。マルタは鈍く輝く水面からひっきりなしに引き抜かれている。ほとんどモノクロームの世界だ。……少年だった僕は、なぜそんな場面に出くわしたんだろうか。用事があって行ったとは思えないし、魚釣りに行ったのでもない。しかも、その港は、吉田港といって、僕の家から十五キロもあるんだから、おいそれとは行けはしない。きっと行かなければならない何かがあったんだろう。しかしそれを忘れているから、前後の脈絡もなく、いつか見た鮮明な夢のように、体験の範囲の外の飛び地として、その光景は浮かびあがる。

今のところ、はっきりしつつある創作のテーマは以上の二つなんだ。一つは〈石舟の水《み》尾《お》〉、もう一つは〈マルタの来た午後〉ということになろうか。

前者は見たこともないのに見たような気がする眺めだ。

後者は実際に見たのに夢としか思えない場景だ。僕はそこへ、軽便鉄道に乗って、ひとりで行ったに違いないのに、なんだか宙を舞って、いきなり吉田港へ降り立ったような気がする。

僕は近日中に短篇にとりかかるだろう。以上の二つのビジョンはその手がかりになるだろう。二つのうちのいずれかを、先ず選択しなければならない。

さらに先走ったことを書くと、短篇を二つ書き終えてから、僕の東京生活とは何であったかを反省して、記録してみたい。これはフィクションをまじえないで、事実と実感をたどり、意識しなおし、見きわめてみたい。

自分に逆らってそれをやってみたい。なぜなら、今の僕は東京生活からも眼を避けたいと思っているのだから……。いやなことに視線を集中しようというのだから、自虐的かもしれない。

以上のように着想することができた。唐突でもあったし、自然でもあった。自分の中に発見したビジョンが、天来の恵みのように思えるのだよ。僕は慰められつつある。これがなかったとすれば、今夜は余りにつらい。

琵琶

翌日、三輪静枝は私に対して臆していたのではないでしょうか。最初の時には覗《のぞ》きこんできたその眼が、私をうかがっているようでした。こちらにはうっとうしく感じられたほどです。しかも、ほとんど口はききませんでした。私は私で、気さくにはできない性質なのです。変に理屈っぽく考えたのです。詫びるべきなのは当方だけれど、詫びなければならないと、はたして自分は後悔しているだろうか、などと考えたのです。そして、事務所にいたからでもありますが、私は彼女に声を懸けはしませんでした。理屈抜きで、いい感じのやりとりをしようとする気持ちが、この際必要なのでしょうが、私はそうしたやり方にまったく馴れていませんでしたし、理屈につきまとわれるのです。

夕方、バスを降りて家へ近づいて行くと、杉崎たみが門のかたわらにいるのが見えました。まだ六時四十分なのに、彼女は来ていたのです。引っ越し荷物はリヤカーに積んでありました。

そのかたわらに、彼女はしゃがみ、所在なげに往来を眺めていました。私はそっちへ早足に寄って行って、

——来た、来た、待ったかね、と言いました。

彼女が笑った顔は、また私を喜ばせました。艶々した皮膚に左右対称に規則的な皺が盛りあがる、昨夜も見たような笑いなのですが、新しく気づいたこともありました。私に見えたのは、いわば、藤枝の笑いなのです。主観的とされるかもしれませんが、たしかに藤枝の笑いはあると、この時私は認めたのです。そして私は、それを忘れてしまっていた自分を感じました。私の笑いには、和《なご》やかさを表現しようとする誇張があります。しかし〈藤枝の笑い〉にはそれがなく、自然なのです。古い藤枝の宿の人はあまりにひかえ目で、常に自分を見せまいとしているかのようですが、習い性となった自制の気分が消えて、その人本来の地《じ》が見えてくるのが〈藤枝の笑い〉です。

——よろしくお願いします、旦那さん、と杉崎たみは、改まった口調で言いました。

——旦那さんはやめときなよ。

——やめるですか。なぜですか。

——おかしいよ。

——おかしかありませんですよ、旦那さんで。

たみさんは、それからも、そう言い続けましたので、私は反撥するのが面倒になり、ついにそれでいいことにしました。違和感も消えて行ったのです。たみさんだから仕方がない、という意味合いです。

たみさんが引いてきたリヤカーには、白く唐草模様を染め抜いた緑の風呂敷に包まれて、蒲団がのっていました。衣料を詰めた行李《こうり》、針箱、竹製の孫の手などもありました。リヤカーを勝手場の入り口に横づけにして、私たちは積み荷をおろしました。それらを台所のあたりに置いたり、たみさんの部屋に定めた四畳半に運んだりしました。一応整理がついたところで、私は言いました。

――今夜は引っ越し蕎麦《そば》を食べよう。

――旦那さん、自分で食べるんですか。

――たみさんも食べればいいじゃあないか。

――ご馳走になっていいですかの。

――いいさ。

――ありがとうございます。

たみさんは中途半端に笑っていて、何かためらっている様子なのです。私は腹がへってもいましたので、性急な調子で言いました。

――それじゃあ僕が注文してくるからな。信濃屋へ行けばいいな。

すると杉崎たみは年寄りらしくない活発な仕ぐさで、スックと立ちあがりながら、

――わたしが行ってきますけどね。旦那さん、引っ越し蕎麦というもんは、ご近所へ配るもんですよ、と言いました。

――そういうもんかね、と今度は私が笑ってしまいました。

――東京あたりではそうはしないでしょうが……。

――まあ、いいよ、今夜は内輪で蕎麦を食べよう。

――旦那さん、お蕎麦は何にしますか。

――かけを食べるよ。

――わたしもご馳走になっていいですかの、とたみさんは義理堅く念押ししました。

私が頷くと、すぐに出て行き、しばらくすると小さなおかもちを提げて戻ってきました。かけが二つ入っていたのです。

――旦那さん、お酒をやりますでしょう。若いけど、酒飲みの顔をしていますもんの。

――わかるかね。

たみさんは、私が前夜祭典係《けい》の家の二階で飲んだ時に、観察していたに違いありません。図《ず》星《ぼし》といえば図星でした。

——わたしが付けますから、お蕎麦を召しあがっていてください。

——酒があるのかい。

——わたしがご挨拶に一本持ってきましたです。

彼女は自分の部屋に行って、これも緑の唐草模様の風呂敷に包んだ一升壜をとってきました。

——どこにあったんだい、気がつかなかったな、と私が首をかしげますと、

——行李の中へ入れてきましたですに、と彼女は言っていました。

鉄瓶に湯が沸き、酒がつきました。私は飲みながら、かけをすすったのです。そして驚いたのは、たみさんが一段低い板の間にキチンと坐って、素速く蕎麦をかきこんだことです。

——もう少し飲みますかの、と彼女が訊きますので、私は追加を頼みました。

二人で、会食をするつもりだったのですが、私は畳に坐って飲んでいて、たみさんは一段低い板の間にひかえているのは妙な感じでした。彼女に、畳の上に来るように言いましたが、聞こうとしないのです。

私はこの際、気に懸ることを言っておこうと思いました。

——武彦君には悪いことをしちまったな、と切りだしますと、

——あれでたくさんですよ、と彼女は応じました。

——たみさんの叱りかたもキツかったな。

――キツくしておかないと、つけあがって、どうしようもないヤンですで。

――どうしようもないヤンねえ……。しかしね、僕には古くからいい友達だったんだよ。ゆうべだって気を遣ってくれていたんだ。

――わたしは、本当言って、あいつが偉そうなことを言うのを聞くと、胸がムカついてきて我慢ができなくなるです。

――偉そうなことを言ったかね、武彦君が。

――旦那さんに、〈理由《わけ》を聞きたい〉なんて言ってたじゃぁありませんか。

――偉そうなことじゃあないよ、そんなことは。

――偉そうな言っぷしですよ。かりにもわたしの前ではそんな口をきくな、って言ってやりたくなるですに。

――キツいな。

――自分は理由《わけ》もへったくれもないヤンです。お前はなんだ、って言ってやりたくなるですに。

――……………。

――薬《やく》をやりましての。今もやってるでしょうよ。親兄弟の金銭《かね》をチョロまかしたりしたです。

――たみさんと武彦君との間は、どういう関係になるの。

そう私は訊きました。今となると、二人の間につながりがありそうにも思えたのです。たみさんが武彦のことにかなりくわしそうなのと、それから、話すだけで興奮してくるほどに、彼のやり口を他人事とは思っていないらしい様子が見えてきたからです。

――ちっとこみ入っていますがの、わたしに貰《もら》いっ子があって、それの舎弟ですよ、あの武彦は。

――たみさんの養子の実の弟さんってことか。

――そうです。

――薬はやめられないもんかね。

――いくじのない性質ですで、よっかかるもんがほしいですに。

――さびしがり屋だったかもしれないな、小学生のころから。

――それだったら、小さくなってりゃあいいじゃないか。

――武彦君の名字《みようじ》はなんていうんだっけ、と私がたずねますと、

――藤堂です。藤堂武彦ですで、名前だけはバカに立派ですがの、とたみさんはまだ武彦を毒づきたい口吻《くちぶり》でした。

――武彦君の兄さんはどうなっているの。

——わたしの子ですか。大阪でハズリ屋をしています。

——ハズリ屋って何かな。

——コンクリや煉瓦の建物なんかを毀《こわ》す仕事ですに。

——……。

——働いているかどうですか……。わたしの死んだ連れそいが指物師《さしものし》で、随分仕込んだんですが、いやを言って、勝手に大阪へ出て行ったですに。

——ご亭主はいつ亡くなったの、たみさんの。

——昭和十四年の夏でしたです。

——指物師って何だっけ。

——指物師を知らないですか、旦那さん。

——うーんと、何だっけな。

——建具の職人のことです。

——ご亭主の位牌を持ってきたかい。

——一松屋にあずけてきましたです。

——ここへ持ってきたらどうかな。

——あれでいいんです。一松屋は一統ですで。

——仏さんをここへ祀《まつ》ったら……。

——あれでいいんですに。写真は持ってきたですが……。

——………。

——旦那さん、このお宅で琵琶《びわ》の稽古をやっちゃあ悪いでしょうかね。

——琵琶……。

——道楽ですがの、わたしの。

——えらい道楽だね。

——連れそいが熱心だったもんですで、わたしも釣られて深入りしましたです。

——ご亭主から習ったのかい。

——そんなこともありませんが、二人で歌っていましたです。

——ご亭主を愛していたんだな。

——いやですよ、旦那さん。そんなことじゃあありませんがの。まあ、琵琶はかたみです。

この話に、私は好感を抱きました。しかし複雑な気持ちだったのです。私はものを書く時、聞こえてくる音にひどく神経質になるのです。琵琶の演奏がどういうものか、何も知りませんでしたから、古典で習った蟬丸のことなどを思い浮かべて、それは夜の調《しら》べであろう、などと大まかに考え、それなら執筆の時間と重なってしまうではないか、厄介なことになるかもしれない、と危惧《きぐ》したのです。

私は率直に言いました。

――僕は徹夜で文章を書くことが多いんだけど、その時琵琶を歌われるのは困るんだよ。

――それでしたらやめますに。

――僕が書いてる時でなければいいんだ。

――やめますよ、旦那さんのお邪魔になっちゃあいけませんで、とたみさんはこともなげに、申し出を引っこめる様子でした。

しかし、琵琶をやりたいと言い出す時、ためらい、思いを込めた態度だったことが、私には読めましたから、

――やめなくてもいい、僕も聞いてみたいし……。酒が入った時なんかに、やってもらうのはいいだろうな、と言いました。

――ひと様に聞いていただけるような芸じゃあありませんがの。

――とにかく、僕の書く時間を除《よ》けて、やんなさいよ。

――それじゃあ、旦那さん、琵琶を運んできてもいいでしょうか。

――いいさ。

話がそう落ち着き、杉崎たみの顔には自然に喜びの色が浮かび、潤いが湧きあがったのです。

しかし私には、あえて冒険をするのに似た気持ちもあったのです。琵琶という楽器にも、その演奏にも、歌にも関心がありましたし、なんで杉崎たみが……、という好奇心もありながら、一方で、執筆が阻害されはしないかという怖れも拭いきれませんでしたから。

――ご亭主の愛用した琵琶かい、と私は訊いてみました。

――そうです。それと、わたしが使っているものと、二つありますです。

――高いんだろうな、琵琶ってものは。

――安物ですよ、わたしどもが使う道具ですもん。旦那さんね、実際言って、連れそいが死んだ時、あの人のものは、お棺に入れてやろうと思ったですが、入れて、釘を打ってしまってから、わたしは、急にその琵琶が欲しくなったです。それで、釘を抜いて、お棺をあけてもらって、外へ出したですよ。親戚衆なんか、みんな、そんなことはやっちゃあいかん、と言って諌《いさ》めましたですけども、わたしがなんでもって言って、この世にとって置きましたです。

――焼いてしまうより、たみさんが持ったほうがいいだろうな。

――連れそいは、琵琶なしであの世へ行きましたですがの。

私はことさら笑ってみせました。話しながら杉崎たみが変な表情をみせたからです。その顔に、それとはっきりはいえないほどですが、ゆがみが見てとれたのです。

その時、私はなに気なくたみさんの手を見ました。彼女は鉄瓶の蔓《つる》に触っていたのです。そこには太い木綿の紐が巻きつけてありました。提げても熱くないように、私の母が工夫したことなのでしょう。たみさんは、その紐がほどけかかっているのを、縛りなおしていたのです。彼女の手つきは妙な恰好でした。私が、昨日提灯の蠟をかき落としていた手つきを眼に浮かべながら、この人は左ぎっちょだな、と思っていますと、彼女の小指の尖が欠けているのがきわ立ったのです。第二関節の真ん中あたりで断《き》れていました。

——琵琶を奏《ひ》くのに支障はないのかな、と私は心に呟きました。

質問

夕方、私が事業所を出ようとした時、三輪静枝は自分の席にいませんでした。何か用事を言われて駅のほうへ出かけ、まだ戻っていなかったのです。そして、私が駅の方向へ歩いていると、こっちへ来る彼女の車が見えました。俺のかたわらで止まりそうだな、と思っていると、果たしてその通りになりました。

事業所から離れたところで、他にだれもいませんでしたから、いく分静枝の緊張も解けたのでしょうか。少なくとも私はそんな具合でした。高いポプラ並木の下で、落葉が路面に転がっていました。それだけのことですが、私は、秋だな、と感じていい気分になった覚えがありましたから、話しかけやすい顔をしていたのかもしれません。

静枝は運転席の窓をあけて、気張って私の眼の奥を見つめ、

——原稿を読ませてください、と言いました。

不自然な切り口上でした。私は一瞬声を呑み、

――貸しますよ、今日ですか、と気勢に圧されて言いました。

――今日じゃあいけませんか。

――いいけど、と私は言い、なるべくさりげない口調で、

――約束ですしね、とつけ足しました。

――先へ歩いていてください。わたし一旦事務所へ行って、追いかけますから。

声を残して、車は走り去りました。私はポプラの落葉を踏みながら、今の彼女は、肝腎なことだけを押しつけがましい言い方で言ったな、と思ったのです。いい感じではありませんでした。先日までは、ある距離をおいて話していたのに、その感覚を失って、踏みこんでくるような調子だったのです。こっちを正視した眼にも、遠慮が感じられませんでした。

ポプラの並木が終わったあたりで振り返ると、彼女の車が追いついてくるのが見えました。私は、原稿を見せたくない気持ちを隠そう、どうせ見せるんだから、と思い、何気ない顔をこしらえようとしながら、立ちどまって車を待ちました。

静枝の小型車が近づいてくるのを見ていて、考えたことがありました。伊吹綱夫や自分の原稿のことを想うと、私は穏やかな気持ちではいられない、原稿という言葉は肉に打ちこまれたクサビのおもむきだ、と改めて感じたのです。かつて私は、ある文学者が理想としているある

言葉を聞くと、体が震えてくる、と書いているのを読んだことがありましたが、私の場合、震えてくるほどではないにしても、原稿という言葉には平静を乱されるのです。

彼女の車に乗せてもらってからも、ひそかにこの想いを反芻《はんすう》していましたが、口に出しはしませんでした。

——この間もやってしまいましたね、と私は言いました。

——何のことですか。

——あなたが家まで送ってくれると言ったのに、ことわったことです。

——本当言って、わたしはいやでしたけど、どなたにも都合がありますから。

——その前にもすみませんと言ったのに、またやったんですからね。

——かまいませんわ。これからも繰りかえすでしょ。

——僕には好みがあるんです。自然に触れながらひとりで歩きたがるんです。

——小説のことを考えるんですか。

——そういうこともありますけどね。ひとりでいないと自分を見失うんです。不安になるんです。

——それだったら、お山に籠ったらどうでしょう。

——山に籠ったんじゃあ、月給を貰えませんし。

——むつかしい立場ですわね。

——藤枝だって捨てたもんじゃぁありませんし。

部屋に入って、まだ旅行鞄の中に入れたままの原稿を抜き出すと、静枝のところへ持って行きました。彼女はそれを受け取って、膝の上で撫でました。その仕ぐさが丁寧だったのは意外でした。原稿を支えている左手も、その表面を動いている右手も美しかったのです。ちょっとの間そうしていて、

——おあずかりします、と言いました。

そして、原稿を畳んで、ハンドバッグに入れると、

——いつ返したらいいでしょうか、と訊きました。

——しばらく必要ありませんから、と私は応えました。

原稿を読みたいと、しつこい感じに言っていたのですが、嘘ではなかったんだな、と私は思いました。彼女に本懐の気持ちが自然にあらわれたのを見て、私は好感を抱いたのです。原稿を物として大事に扱う素朴な仕ぐさを、私は見たことがありませんでした。

——清書する必要がありましたら、わたしがしますから、と彼女が言いますので、

——それは結構ですよ、と私は拒《ことわ》りました。

――……。

――手を入れながら、自分で書き写すことはありますが……。

――……。

――読めますか、僕の字は。友達の字はいいでしょうが……。

――ええ、両方とも充分読めます。

――僕のは汚いですよ。

――大丈夫です。十日間お借りできますか。

――十日間……。なぜですか、十日も。

――大事なものを済みません。わたし頭が悪いもんですから。

――頭はいいでしょうけど……。かまいませんよ、十日でも。

なぜ十日なのかははっきり解りません。彼女に考えがあるというよりも、これが彼女のやり方のように思えました。ある種の物を借りる時には、こうするのが本当だ、と彼女は思っているのではないか、と私は受け取りました。

それが原稿でなければ、私にも覚えがあることでした。私が高校生だったころ、ある無名の絵描きの作品を父に見せに来た人がありました。その人が風呂敷包みをほどいて絵をとり出すと、父はしばらく眺めていて、

――買いたいんだが、いくらにしてくれるね、と彼に訊きました。

――これは勘弁してください。自分で持っていたいんですよ、と彼は応えました。

――駄目かね。

――あきらめてください。

――それじゃあ、十日間貸してくれないか。

父は絵をあずかり、それから十日間、ひまがあれば眺めていました。父の気持ちが対象に通《かよ》っているのが、私にも感じられました。

三輪静枝を見る私の目が違ってきたのは事実です。不明な点があったり、当て推量があったりして、混乱していた評価が、解らないままにまとまってきたようなおもむきでした。私の彼女に対する気持ちを草原にたとえるなら、一方向に風が吹き始めたので、一本一本の草が揃ってきた、とでもいった感じでした。

――三輪さん、今から僕を海へ連れて行ってください。

――行きますけど。

――吉田の港はどうでしょう。遠すぎますか。

――遠すぎはしませんけど。

――できたら、夕日を見たいな。小川《こがわ》の港はどうでしょう。連れて行ってくれますか。

——行きますよ。

——遠いですか、小川港は。

——ここから八キロぐらいでしょうか。

彼女は手ぎわよく運転していました。私にはほとんど見当がつかない道筋を、ためらいもなく辿《たど》っているのです。藤枝の町を出はずれると、色づいた田圃ばかりで、ところどころに槇の生け垣に囲まれた農家や、馬や牛の墓のある小島のような丘や、孤立した立ち木があったり、遠くに榛《はん》の木の列が見えたりするだけでしたが、彼女には目印があるのでしょうか、狭い道を時々左右に曲がりながら、確信あり気に進んでいるのです。

——小川の港へはよく行くんですか、と私は訊きました。

——一回行ったことがあります。

——よく道が判りますね。

——景色を見ると判るんです。

——景色を覚えているんですか。

——しっかり覚えてはいませんけど、感じで判ります。

——方向感覚がいいんですね。

――そうですかしら。

――僕もヨーロッパに滞在していた時には、単車を持っていて、しきりに走ったんですがね。向こうは行きませんでした。

――向こうと日本では違うんじゃあありませんか。馴れない所ならまごつきます。

――でも今日が二回目でしょ、小川の港は。

――近所ですから。……単車、好きなんですか。

――好きでした。

――わたしも車が好きです。ご飯より好きなくらい。

――僕も単車の愛好家でしたけど、道は駄目でした。

――普通、車が好きですと、道にも強くなりますよね。運転していて、おもしろいものですから。

――自分で買ったんですか、この車。

――はい、お金持ちの親戚から払い下げてもらったんですけれど。四万円でいい、月賦で払ってもいい、ということだったんです。

――……………。

――会社には悪いんですが、本当のことを言いますと、わたし、お勤めが好きじゃあなかったんです。それで、どうにかして苦しみを和らげようと思って、車を持とうと考えたんです。朝晩の道が楽しくなるようにって。

——しかし、親ごさんにねだったんじゃあないでしょ。

——車を目標にして働いたんです。今も払い続けていますけど。

——偉いじゃないですか。

——偉かありませんよ、そんなこと、と彼女は笑っていました。

——自分のことは自分でしているんだから。

車は松林に分け入り、それから川に沿って走りました。川のその部分は元は運河だったのかもしれません。潮が満ちているのでしょう、流れる様子はありません。両岸に繋っている松を映して、透明な緑に澱《よど》んでいるのです。しばらく静かな蔭の中を走っていますと、突然横あいから三輪トラックが入りこんできて、私たちの前をふさぎました。追い越しにくくて、わずらわしかったのです。

——港は近くでしょう。あとは歩きましょうか、と私は提案しました。

——どのくらいありましたかね、ここから、と彼女はためらっているようでした。

——この川は小川港に出ているんでしょう。潮が差してきていますね。

静枝は車を海側の砂地に乗り入れました。エンジンを止めますと、波の音が湧きあがりました。私たちは川沿いの道まで戻り、下流へ向かって歩きました。下流へといっても、川は逆流していたのです。歩くにつれてその傾向ははっきりしてきました。岸辺の窪みや杭にぶつかって砕ける水が微かに夕日を映して、絶えず繊細な光の皺をこしらえていました。

——あの車はスバルですね、てんとう虫ですね、と私は言いました。

——そうですけど……。

——さっきのことですがね。車をあなたが自分で買ったと聞いて、ショックを受けました。

——なぜですか。

——僕には何かを自分で買った経験がありませんから。

——晃一さんだって貯金すれば買えます、と静枝は事もなげに言いました。

——僕が買ったって、買ったことにならないんです。自分で稼いだわけじゃありません……。

——恵まれているんですから、いいじゃありませんか。晃一さんには晃一さんの苦労がありますでしょう。

——金銭のことが解らないと、小説は書けないんですって、と私は冗談めかして言い、笑いました。

しかしその終わりが自嘲になってしまうのが感じられました。

——金銭のことが解るといったって、稼ぐということとは違うでしょ、と静枝は言いました。

――お金の有りがた味ということでしょうね。

――お金って、有りがたいものかしら。

――そう思いませんか。

――思いません。

――………。

――羨《ねた》みとか虚栄心の素《もと》でしょ、お金って。お金は人を駄目にするって、教えてくれた人がいたけれど、本当にそう思います。

最初の橋がありました。それを渡って行くと正面に水天宮の鳥居が、高い松に囲まれて立っていました。ゆりかもめの群れが大様に交錯して舞っていて、欄干に触れそうにかすめて行ったりしました。紫色に翳《かげ》った川面を滑走して日向へ出ると、いきなり橙《だいだい》色のゆらぎになるのです。

夕焼け空は透明でした。低くうずくまっている川岸の家並みは暗ぼったく、表のガラス戸が鈍く光っていました。そこまで来て、私は思い出しました。かつて十年も、それ以上も前、小川を目ざして藤枝を出発した私は、ここへ到着するのでした。その時には水天宮を背にして橋を渡り、たもとに近い旅館で水を貰《もら》ったものです。

私は、思い出すままに三輪静枝に話しました。フトロずさんだメロディーから歌を導き出すような具合でした。

——小学生だったころには、遠足でやってきましたよ。疲れてたどり着くのに、ここへ来て解散すると、急に元気が出て、蜘蛛《くも》の子を散らすように、浜に向かって走るんです。水くれ、水くれ、と言って、友達と一緒に群がった手押しのポンプも、そこにいたおばさんの顔も思い出しますよ。

——わたしはここへ来たことがあるのかしら、覚えていません。

——遠足はどこへ行ったんですか。

——いつも山奥ばかりでした。

——高等学校のころ、こっちに友達はありませんでしたか。

——ありました。一度遊びにも来ましたけど、ここのことは覚えていません。

——バスで来たんですか。

——焼津の駅から歩いてきました。

——僕はこっちの友達のあとについて、自転車で来たこともありました。

——高校生の時ですね。

——そうです。……冬でしたから、途中はすさまじい土埃《つちぼこり》でした。黄色っぽい霧の中をくぐり抜けて、ここへ出てきたんです。ここにも空《から》っ風は吹いていましたけど、空気は澄んでいました。明るい海が迫っていて、港は無残に裸にされた感じでした。

——鮮やかでしょう、そういう時って。痛いような風が吹きますね。

——海面がビシビシ音をたてながら、真っ白なしぶきを飛ばしていました。

——そういう時、舟はどうするんですか。

——風を避けているんです。この川へも小さな舟は入れてありましたよ。川につないでも、絶えず揺れていて、不安を感じている家畜の群れみたいです。

——港の外へは行かないんでしょうね。

——それでも外を走っている舟もありましたよ。波に隠れてしまったりして、沈みそうに。

厳しい寒風の海の話をしていましたが、その時は、静まりかえった夕暮れでした。ゆるやかに押し戻されている川で、潮が波の襞《ひだ》を作り、私たちの足もとの石垣に縒《よ》れて、囁くような声をたてるのと、魚が跳《は》ねて、小さな波紋を残すのが耳につくほど静かでした。

川幅が広くなって、港につながりました。そこには一面に夕日が射していて、三、四十艘並んだ鯖船と、その船尾の帆がまぶしかったのです。私は船具や艤装が好きなのですが、夕日は、それらの細部を明確にしてくれるのです。造作の一つ一つに濃い影をまといつかせるからです。そして舷から下の流れるような線もまた、影で強調され、はっきりしてくるのが判りました。

私は寄り合っている船に、しばらく見惚れていました。それから、小さな港全体を眺め渡したのです。北に向かって見える遠い山の稜線は、おなじみでしたが、港のたたずまいは、初めて見るとしか思えないほどでした。

私は飽くことなく見たい気持ちに捉《とら》えられてしまいました。バラスが洗い出されたコンクリートの縁に腰をおろし、くわえ煙草をして、

——しばらくここに、こうしていたいんですが、と静枝にことわりました。

彼女はしゃがんで繋索杭に手をかけ、私の様子を眺めていたようでした。

——どうぞ、と言いました。

船の数だけ立ち並んだ帆の向こうには、かもめの群れが小止みなく動いていましたが、だんだんにこっちへ、まとまって移ってくるようでした。その動きだけが、動かない鯖船や伝馬やハシケにからんで、柔らかで、賑やかでした。

遠景のかもめに視線を凝集しきってしまうと、幻のように思えてくるのです。

私は束の間の幻覚から醒めて、

——あの帆はどういう役割をするんでしょうかね、と、その時は私と並んでコンクリートの縁に腰かけていた静枝に訊いてみました。

——船の方向を決めてるんじゃあないのかしら、船同士キチンと並行して並んでいるでしょ、と彼女は応えました。

――風があるのかなあ、と私はいぶかしく思って言いました。

――あるんでしょうね、ほんの少しでしょうけど。

私は右手の人差し指をなめて、宙にかざしてみました。

夕焼け空は、灼熱した鉄がゆっくり冷える時のように臙脂《えんじ》がかって行き、それから透明な闇と交替しました。白い鯖船の列もようよう輪郭が侵され、点々と灯をともしました。ほとんどの船が無人らしく、墓場のおもむきになってしまったといえるほどでした。かもめも見えがくれしながら、夜の中に沈みました。

――退屈ですか、と私は、われながら今更と感じながら、静枝に言いました。

彼女は依然、私と並んでコンクリートの縁に腰かけていたのです。

――そんなことありません、と私の眼を覗《のぞ》きこみました。

青く冴えた白目には光があったのです。私はその光を見返し、どうしようもなくそのままになってしまい、時間の感覚を失いました。そしてわれに返ると、この娘に惹かれているのかもしれない、この眼から深入りする怖れがある、と思いました。

――僕はわがままでしょう、と私は訊きました。

――どうしてですか。

――自分勝手でしょう、こんなところに腰を据えてしまって。

——結構です。わたしもこうしていたいんですもの。

私たちの背後を時たま通りすぎる人たちが、二人のことを不審そうに眺めている気配が、私には感じられたのです。そのことに私もいくらか神経質になっていましたが、静枝にはもっと気づまりなことだろう、と察してはいたのです。

やがて、私たちは立ちあがり、港口の方へ歩きました。とぼしい外灯が照らし出している範囲に、たくさん蟹がいるのが見えました。彼らは油煤《すす》が流れるように逃げ、私はそれを逐《お》いたてる気になりました。そんな摑《つか》みどころのない影が心に残ったのです。さっきのかもめが白い幻とすれば、これは黒い幻でした。

遠く渚に沿って歩きました。陸《おか》の側は分厚い松林で、黒々とした幹を透かして、集落の電灯がまたたいていました。微かで、とぎれとぎれでしたが、とりとめない闇と波の音の広がりの中で、人肌を感じさせました。海の方向には空も大きく開けていました。月が昇って、美しい洲を思わせる雲がくっきりと浮き出ていたのです。

さっきたどった道を、また港に向かって行きました。水かさを増した川は、滑らかでドッシリしていました。暗い灯は水に染みこんでいました。微かな灯はかえって夜の大きさを感じさせるのです。

よろけながら来た酔っ払いがあって、私たちは立ち止まってぶつからないように彼の動きを見定めなければなりませんでした。すぐに彼は静枝をかすめて行き過ぎましたが、その時、

――晃一さん、お酒飲むのどうかしら、と彼女が囁きました。

私は自分の体が、その声を歓迎しているのを感じました。

――でも、あなたは飲めませんよ、と私はその真意を測りかねて訊きました。

――わたしはいいんです。晃一さんがお酒を飲むのを見ていますから。

――そんな……。

――晃一さんがお酒飲むと、どうなるかと思って。飲みながら、いろいろお話してください。

どの家も清潔だけれど、そっけない表情でした。ですから、その飲み屋の温かな活気がきわ立って感じられたのです。曇りガラスの嵌《はま》った戸を開けますと、土間があっただけで、店というよりも飯場《はんば》のおもむきでしたが、十人ほどいた客がご機嫌に、塩辛声で話し合っていました。私たちは隅を選んで腰掛けました。それでも私は、自分がまわりの視線に曝されているように感じました。

静枝の態度は意外でした。まわりを少しも気にしないのです。彼女が幅の狭い板だけのベンチのはしに坐った恰好は、なにげなく木にとまっている鳥を思わせました。女の客は一人だっ

たせいもあって、すっきりした輪郭がきわ立っていました。私は、そんな体の線にハッとして、構えない肩のあたりから、かげろうのように発散している色気を感じました。今まで彼女のそぶりの特徴とか変化に注意したことや、その気持ちとか性質を推しはかったことを思い出して、あれは彼女をちゃんと見ていたことにはならなかった、と心に呟いたのです。それとなく不意打ちされた思いでした。

――杉崎たみさんね、祭典係《けい》の家で会ったお婆さんだけど、彼女がね、僕のことを酒飲みの顔だと言うんですよ、と私は自分の声を意識しながら言いました。

――そうなんですか、と静枝は笑いました。

――いや、あなたがさっき、お酒を飲んだらどうか、と言ったもんですから。

――なにげなく言ってしまったんです。

――あなたに見抜かれたんです。

――見抜くなんてことできません。晃一さんが考えていることなんて、判りません。

――………。

――晃一さん、こんなこと聞いていいかしら。

――こんなこと……。

――聞いていいかしら。晃一さんって、好きなかたがいるんでしょうか、東京に。

——今はいません。

——…………。

——以前にそういうことはありましたがね。

——東京で……。

——ええ。

彼女が決意して質問したのがわかりました。抵抗を押しのけるように、上目づかいに私の眼を見ました。一瞬でしたが、私の心の揺れを見逃すまい、と注意したのが感じられました。小川港へ来てから、静枝はこの質問をしようとして機会をうかがっていたのかもしれません。私はまず驚き、それから、喜びが胸に湧きました。彼女の声があてどなく顫《ふる》えたのがわかったからです。

——なぜそんなふうに聞くんですか。二回も中途半端な形であなたと別れたからですか。

——あれはお仕事が気になったからでしょ。

——仕事と関係しているでしょうがね。しかし、あなたと別れてからひとりで歩いたけれど、いい考えが浮かびはしませんでした。

——すぐには浮かばなくても、ひとりでいたことがあとから役に立つことだってあります。

——いや、僕は神経質で偏屈なんです。こだわり屋なんです。

——何にこだわっているんでしょうか。

——よく解らないんです。僕はね、高校生のころに仕込んでしまった妙な考えがあって、そこから卒業できないんじゃあないかと思うんです。

——どんな考えですか。

——うーん、孤独には価値があるって迷信でしょうね。

——迷信……。

——孤独そのものを尊重しているんじゃあないかとさえ思えるんですよ。

——むつかしいわ。

——つまりね、仕事をするために孤独が必要だというんなら、それは手段ですね。ところが、孤独を目的にしているようなところがある。

——むつかしくて、解りません。

——一風変っているっていうだけです。

——孤独って楽しいんですか。

その単純な訊き方が、私には爽やかだったのです。私はうぬぼれて考えました。静枝は僕の言う理屈を解ろうとしているんじゃあない、直観して僕そのものを解ろうとしているんだ、と。

——苦しいんです、むしろ。偏執ですから……。マニアですから、自分でもどうにもならないんです。

――わたしってあつかましいでしょ。

――別に……。なぜですか。

――立ち入ったことを聞いたりして。

――………。

好きな方がいるのか、なんて聞いたりして。

――いいですよ、聞いたって。そんなこと。

――わたしって、負担になりませんか。お酒を台無しにするでしょ。

――反対ですよ。僕はご機嫌なんです。

――………。

――あなたは僕をうぬぼれさせましたから。

――なぜ……。

――なぜですかね。うぬぼれさせましたよ。

――そんなこと……。それでご機嫌なんですか。嘘。

静枝は小さな声で、しかし力をこめて私の言い分を打ち消しましたが、思わずそう反撥してしまったことと、私の眼を睨《にら》んでしまったことを悔いたように、反射的に口をつぐんで、眼から眼を離しました。彼女のこんな弱気の眼は初めてでしたし、私はハッとしたのです。彼女の弱さは、素早く忍びこむようにして、私の胸に波を起こしたのです。

それから少しわざとらしく、彼女は私に酒を注《つ》ぎました。私も徳利を持って、彼女の杯に差そうとしますと、

——飲めません、とことわりました。

——大丈夫ですよ、と私が強《し》いますと、

——ほんの少しですよ、と受けて、小鳥が水をついばむくらい口に含みました。それでも顔をしかめて、苦い薬のように飲みくだしました。

——わたしって気づまりですか、と彼女はむし返しました。

——なぜそんなふうに思うんですか。

——わたしといても、晃一さんはいつも憂鬱《ゆううつ》そうですから。

——今はそんなふうには見えないでしょ。

——少し酔ったんでしょうか。

——僕は自分のわがままで自分を苦しめているんです。自業自得ですよ。

——…………。

——憂鬱そうに見えたとしても、あなたのせいなんかじゃあありませんよ。

――でも苦しそうです。あんまり苦しかったら、小説を書くのをおやめになったら。

――え。

なぜ三輪静枝が突然そう言ったのか、私にとって、あとしばらくは考えさせられる声になったのです。身体と精神の健康が大事だと彼女は言っているのか……。私の執念の外に、多様な広い世界がある、とでも言いたいのか……。いずれにしても、言葉自体が残酷で、私は理屈抜きに色をなしてしまったのです。

私はしばらくためらってから、

――さっき、橋のたもとに見崎屋旅館ってあったでしょう。僕はあそこへ泊まって行こうかな、と言い出しました。

――いいとこですものね。ここ、と応じた彼女の声には、私の言ったことを本気にしていないフシがありました。

――二度もあなたをひとりで帰して、謝っておきながら、またですからね。元の木阿弥ですから、言いにくいんですが、今日もひとりで帰ってください、と私が言い募りますと、彼女は胸を衝かれた様子で、黙ってしまいました。

――晃一さんね、わたしに謝ってくれなくたっていいけれど、こんな寂しいところに本当に泊まるんですか、と彼女は意を決した口調で咎《とが》めました。

――おかしな人間なんです、僕は。船の人なんかが泊まる旅館の、古ぼけた畳の上へ寝ころんでみたいと思っていたんです。

――あそこの畳、古ぼけているのかしら……。

――古ぼけていますよ、きっと。

――急に言うから。改めて出直したら……。

――泊まって行かなきゃあなりません。

――泊まらなきゃあいけないんですか。

――今そう思ったんです。思い立ったってことは貴重ですから、と私は自分でも信じているのかいないのか解らないことを、強情張って言いました。

――晃一さんて、変わっているんですね。明日も会社があるんですけど……。

――明日は適当な時間に焼津駅まで歩いて行きますよ。それから列車で藤枝へ行きます。

その飲み屋を出ると、私は先導する気持ちで、暗い松林を潜《くぐ》り、さっきの川の岸へ出ました。気のせいか、静枝の足取りはふらついているようでした。私は済まないとは感じていました。しかし、自分でもどうしようもなかったのです。気持ちはあやふやなのに、自分の中の突飛なエゴに引っぱられて行く思いでした。

川をさかのぼり、最初の橋のたもとにある旅館の玄関へ入りました。おかみさんが応対に出て、私と、それから表の道に立っている静枝を視野に入れたのです。

——今夜一晩お願いしたいんですが、部屋はありますか、と私は言いました。

——ありますよ、どうぞ、と彼女はことさらさりげない調子で応えました。

——一人なんです。頼みます。

——お一人なんですか。七百円おあずかりしますけど、いいでしょうか。

部屋をとると、一旦旅館から出ました。静枝は暗い外灯に照らしだされて、ほとんど灰色にくすんで見えました。濁った水の中に光を注ぐと、底の生き物はこんな色合いに見えるものです。

——勘弁してください、と私が言いますと。

——いいわ、と彼女はけなげな感じに笑いました。

しかし、力なくなえてしまう笑いでした。

——車まで送って行きますよ。

車を置いた松林から港まで、私は同乗しました。そこで私を降ろすと、彼女は立ち去りました。櫛のように漁船が並んだ岸を遠ざかる小型車が、彼女自身の姿のように、私の酔眼に残りました。私は、あの車には小さな謎が含まれていると思ったのです。

ドン・キホーテ

旅館で通された部屋は、私の思った通りでした。古風な造りの八畳間が、飴色にくすぶっていました。道具類も趣きはなくても、ケレン味がなく、落ち着きがありました。

重く薄い蒲団に寝ころがった私は、さっきの三輪静枝の言葉にこだわって、そこから始めて、さまざまなことを考えていました。

〈あんまり苦しかったら、小説を書くのをおやめになったら〉か……。それしきのことに、なぜひっかかったのだろうか。そんなことなら、すでにたびたび言われているじゃあないか。それはそうだ。しかし、今回は特別な意味があるように思えてくる。彼女の言葉が巫女《みこ》のお告げのように響いたからか。なぜ俺はこだわっているのだろうか。

静枝がなぜあんなことを口走ったのか、彼女の気持ちが解らないからだろう。俺はめずらしく彼女の気持ちを問題にしている。それにしても、彼女の気持ち以上に解らないのは、自分の気持ちだ。

泣きどころを衝《つ》かれたのだ。結局、俺には〈書くこと〉の根拠が充分に感じられていないのではないか。樋口聡《さとし》がいつか言っていた〈ほとんど先天的な深い思いこみ〉に俺は縁遠い人間ではないのか。

俺は脆弱なドン・キホーテだ。彼ほどの強さもなく、風格もなく、身を紛らせることが好きな蝙蝠《こうもり》のような存在だ。いくじのないドン・キホーテだ。幻の世界に身をおきながら、絶えず現実世界をうかがっている。金銭とか名誉を捨てようと自分に言い聞かせているが、それで本当だろうかと疑い続けている。疑っている自分のほうがきっと正直なのだろう。幻の世界に生きようなどと決意したがっている人間など、今世《いまよ》にあるのだろうか。

ドン・キホーテは堂々としている。彼は本来彼だ。彼以外の何者でもない。悠々と幻の中に生きることができる貴種だ。及川晃一にできるのは、ドン・キホーテを羨望することだけだ。

こんなことを、しばらくは考えていました。次から次へと頭に湧くことはあったのですが、脈絡がなく、気まぐれに流れを変える渦巻きを抱えこんでしまったようで、そんなとめどもないグルグル回りに困り果てていました。

たみさんに連絡しておかなければ、と私は思いました。嵌《はま》りこんでしまった惰性から這《は》い出なければなりませんでしたが、それが億劫《おっくう》なことではなくて、たみさんの性格のお陰で、ほのかな喜びとして私を励ましたのです。杉崎たみは私の心の真ん中にはいないけれど、慰めてくれる人になっていました。

私は妄念のせんべい蒲団から脱け出して、玄関へ行き、電話室から自宅へ通話しました。

――どこにいますですか、旦那さん、と彼女は、最近の電話になじんでいないらしく、声を張りあげて言うのです。

――小川《こがわ》の港にいるんだけどね。

――どうして、そんな遠走りのとこへ行ったですか。会社の用ですかの。

――自分の用だよ。

――そうですか。自分の用で行きなすった。

私は〈自分の用〉などと意味をなさない言い方をしたのですが、たみさんは疑念を抱いた様子はありません。

――ご飯の支度はしてありますですが。

――要らないよ。こっちへ泊まらなきゃならなくなったから。

――そっちへ泊まるですかの。

――そういうことだ。戸締まりをして寝てくれよ。

――それじゃあ、やすませてもらいます。

――釣りをしようと思ってね、と私は言いました。〈自分の用〉で小川港へ来た、と言うだけでは、余りにそっけないと思ったから、そうつけ足したのです。

――釣れますかの、とたみさんが訊きますので、

――今日は下見に来たんだ、と私は応えました。

――具合はどうでしたです。

――悪かないな。

――石持ちですかの。カイズもいいでしょうに。

――黒鯛もいけそうだよ。

――酔っていますですか。

たみさんがそう訊いてきたので、私は意表をつかれました。〈旦那さん〉はいい加減なことを言っているな、と薄々感づいたのかもしれません。私が反射的に疑ったのは、酒気が電話線を伝わって行って、向こうで嗅ぎつけられたのではないか、ということでした。私の呂律《ろれつ》は乱れていなかったからです。(その点自信がありました)。

――少し飲んだんだ。

——少しで済めば上出来ですがの。

——僕は大酒飲みかな。

——旦那さんはそんなことはありませんでしょうが、大酒飲みもいますもんで。

——僕に説教する気か。

——いやですよ。説教だなんておっしゃっちゃあ。奉公人がそんなことはできませんです。

——酒飲みには説教が必要だ。

——え。

——喧嘩になったり、血を吐いたりするからな。

——旦那さん、一体、なんのこんですかの。

——たみさんも酒には懲りているんだろ。

——懲りていますよ、酒飲みには。

——本当言って、僕はさかずき一杯飲んだだけだよ。

——結構ですのう。

——たみさん、今夜は琵琶を歌いなよ。

——今夜はやりません。

——もう運んできたんだろ。

——運んできましたです、二面。

——今夜は僕が留守なんだから、たっぷり弾《ひ》いて、歌ってくれていいんだ。琵琶は夜のもんなんだからな。

——それじゃあ調律ぐらいやらせて頂きましょうかの。

——小手しらべもやんなさいよ。おやすみ。僕はあした会社へは出そうもない。暗くなるまでには帰るからな。

——そうですか。わかりましたです。おやすみなさいまし。

これだけのことでしたけれど、私に残った余韻は上々でした。たみさんは電話口でおやすみのお辞儀をしたのではないか、と思いました。

彼女の声を聞いたので、私の気持ちは軽くなりました。しつこかった思考の渦巻きは遠ざかって行くようでした。それでもしばらくは神経質に、あの鬱屈が戻ってきて、再び自分にとり憑《つ》くことを怖れていましたが、いい塩梅に疲れが解き放たれて、眠りの中に逃げこむことができました。

夢で、草原を見ていました。風が死んだ夏の日で、ゆるがない草原の向こうに、白く細長い建物がありました。その三階のテラスの椅子に三輪静枝が腰掛けていたのです。彼女は、夏ものらしくない、黒っぽいワンピースを着ていましたから、遠目であるにもかかわらず、くっきりと見えたのでしょうか。彼女は翼を畳んだ空の鳥のように緊《しま》った体恰好をしていました。少しも動かないのは、きっともの想いに耽《ふけ》っているからでしょう。私は彼女に眼を凝《こ》らしました。彼女のかたわらへ行って、声を懸けたい、と思っていました。

私は焦っていました。左足のふくらはぎに鈍いけれど、しつこい疼《うず》きがあって、すぐに行動を起こす気がしなかったからです。何が原因でそんな怪我をしたのかは、はっきりしませんでしたが、ぼやけた記憶によれば、少し前にどこかの港で、小さな碇《いかり》を引っかけたままたらを踏んだらしいのです。それで歩けなくなって、ここで休んでいたということのようでした。

——さもあらばあれ、と私は呟いて、歩きだしてみました。

すると、左足全体に痛みが走り、立っていることさえできなくなりましたので、草の中に両足を投げ出して坐り、両腕で漕ぐようにして、体を移動させたのです。しばらく夢中になっていて、息を弾ませながら顔を上げますと、もう三階のテラスに静枝はいませんでしたから、きっと階下へ降りたんだな、と私は思い、自分の息を聞きながら、白く細長い建物にジリジリと近づいて行ったのです。そして、次の小休止をとった時に、人のいないテラスの上に旅客機が音もなく舞いあがるのを見たのです。

——空港だったのか。静枝は旅に出たんだな、と私は、気抜けして呟きました。

そして空《むな》しさをこらえながら、移動を続けました。

その建物の中には荷物を提げた客や、職員が行き交《か》っていました。床《ゆか》を這っている私などに関心を払うものはいません。私は砂でザラつくコンクリートの上を、人々の脚をかき分けるようにして、うろついたのです。だれかに静枝のことを尋ねたいと思いましたので、屑箱にすがって立ちあがり、あてもなく、あちこちを見ていました。

静枝がもうこの飛行場にいないことは確実と思えましたから、私の気持ちはうつろでした。摑《つか》まれるものに摑まりながら、しばらく、探すだけは探してみようと心を決めて、ドアづたい壁づたいにほっつき歩いたのです。ひっそりした廊下へ入りこんでしまった時、一人の男が白い壁によりかかっていて、私を観察していました。何もかも解っていると言いたげに、彼は抑えた声で言ったのです。

――あんた、帰ったほうがいいぜ。

――そうでしょうかね、というしわがれた声を私の耳は聞きました。

――あの娘はどっかへ行ったがな、行きっぱなしってことはないんだから。

――どこへ行ったんでしょうか。

――それはわからんがな。戻るよ。

――………。

——お前さんな、あんなの、帰ってきたら、ものにしちまうんだぜ。
——…………。
——どんどんやっちまって、捨てればいいんだ。
——…………。
——お前、頑張れよ。

彼は左右の眼をいびつにして、私を見守っていたのです。その態度には実《じつ》がありました。相手をからかっているのではなく、相手の決断をうながしているかのようでした。だから夢の醒《さ》めぎわに、私は思いました。

この男は俺のみすぼらしさを見て、男として同情しているんだ。この男ならこんなふうに言ったっていい、俺のことだけに関心があって、静枝のことは全然知らないんだから……。しかし勿論、彼は私の分身ですから、彼が喋ったことは彼の考えではありません。私の考えの一部なのです。

眼を醒ますと、ガラス窓に未明の空が見えました。私は蒲団の中にいて、窓枠が次第にくっきり浮き出してくるのを見ていたのです。その間、石垣にぶつかる潮の余波が、微かな、しかし冴えた音をたてるのを聞いていました。それから思い立って伊吹綱夫へ手紙を書くことにしました。鉛筆を執ることによって、気持ちをととのえたかったのです。

今小川《こがわ》という大井川河口の北にある小さな漁港にいる。しらじら明けだ。というのは、昨日夕方ここへ来て、泊まってしまったからだ。ここへ来てから、ここが急に好きになったのが、その動機だ。やがてここを舞台に短篇を書きたいとも思っている。

実は昨日この港まで八キロの道のりを、車で送ってきてくれた娘さんがある。君と僕の原稿を見せてやることにした、と前便に書いた、あの娘さんだ。そして、今はもうすでに約束の二篇の原稿を彼女に手渡してある。ねだられたからそうしたわけだが、昨日彼女とつき合いながら考えたのは、あるいは彼女は、われわれの原稿を読むにふさわしい人かもしれない、ということだ。ふさわしいとまでは言えないかもしれないが……。期待できそうだ、とは言えるだろう。いずれ判明することだ。その結果をもし君に聞かせる値打ちがあったら、伝えよう。

それにしても、僕は思うんだが、僕の生活と想念を遺漏なく報告することなど、もともとできはしない。くわしく書いたところで、やはりその断片といわざるを得ない。それに、今言ったことと矛盾するようだが、僕にもくわしくは書きたくないこともある。ある部分は意識的に省略してしまうことになる。かつてアヌシイ湖畔から出した手紙に、手当り次第に経験を報告しよう、僕は自分の経験を君と共有する、mon frère, ce qui est à moi est à toi.と書いた僕なのに……。赦してくれたまえ。

つまり、時間が足りなくて、やむを得ず省略する部分と、書きたくないから、進んで省略する部分とができてしまうというわけだ。

後者の部分とは何か……。一例をあげるなら、前夜僕は娘さんの夢を見た。それを報告するのはさすがに恥ずかしい。だから僕は、このことは永遠に君に語らないかもしれない。語るとしたらどんな場合か……。それは僕が酔っぱらった場合だ。ところが僕は酒を浴びるほど飲んでも（一升程度飲んでも）、飲み方がいいのか泥酔はしないから、それを打ち明ける可能性は薄いことになる。

それにしても、少量にしろ酒を飲めば、だれだって口が軽くなるのだから、そのことに関して、僕が牡蠣《かき》のように口を噤《つぐ》み続けると考えるのは間違いだ。つまり面と向かって酒を飲めば、知らず知らず、少なくともある程度は秘密を打ち明けることもあり得る。〈あり得る〉どころじゃあない。必ずといっていいほど、僕はある程度喋る。この点保証してもいい。

ここで君は、及川晃一、一体何を言いたいのか、と質問するかもしれないけれど、要するに僕は、君にとても会いたいと言っているのだよ。早く藤枝へ来てくれたまえ。僕はこの土地で（藤枝でなくても駿河湾西岸で）、君と会いたい。

去年君と吉祥寺で飲んだ時に、君は首をひねるようなことを言った。覚えているかい。会話じゃあ、事がらも気持ちもうまく伝えられない、部屋へ帰って手紙を書くよ、と君は言ったんだ。その時僕は思った。だれだって心に厖大《ぼうだい》な曖昧ゾーンを抱えている、それは言い間違えたり、言い直したりして、試行錯誤しつつ、また聞く側の受け取りかたも、試行錯誤しつつ、二人して明らかにして行くものだ。それには文章よりも会話のほうがいいじゃあないか。早く来てくれたまえ。

君に来てもらいたいからあえて書くんだけれど、今僕は涙脆くなっている。鼻の奥にツーンと痛みが走っている。

君に手紙を書き始めると、一旦悲しみを追い越した気がしたけれど、やがてまた悲しみに追いつかれてしまった。万年筆を置いて、テーブルの上に顔を伏せていた。僕の不安定な気分は並大抵なことではない。一時間前の考えと今の考えが矛盾しているんだ。川の合流点で水がもつれあっていることがあるが、あんな具合なんだ。そんな自分が不安でたまらない。性欲がのさばって、不安に拍車をかけてくる。体の奥で行き惑っている男の衝動こそ、暗闇の勢力とよばなければならないね。

ここまで手紙を書いてきた時には、もうすっかり明るくなっていました。まだ書き足りなかったのですが、とにかく起きて洗面所へ行き、それから食堂でさめた朝食を摂《と》りました。食べ終えたころには、家は無人《ぶにん》になっていましたので、私は人を探して戸外へ出ました。そしてすぐわきの浜へ出て行く路地で、宿の女将《おかみ》さんと出会ったのです。

——お早うございます。留守して悪かったですね。お帰りですか。昨夜おあずかりしたお金からお返しする分があります、と彼女は言いました。

彼女はキチンと着物を着て、割烹着《かっぽうぎ》を重ねた、小ぎれいで健康そうな中年女でした。そんな当たり前なことに、私はひけ目を感じてなりませんでした。彼女の醸《かも》す雰囲気には正味な感じがあるのに、私にはそれがない、彼女の身のこなしには確信があるのに、私の足もとはふらついている、と思ってしまうのです。

——五百円頂きますからね。二百円お返しします、と言って、彼女は割烹着の下へ手を差し入れ、財布を出して、百円札を二枚私に渡しました。

——今からしばらく港を見物して、それから帰ります、と私は言い、自分が妙な男だと思われはしないか、と心配しました。

——小川港は、泊まりがけで見物するような所ではありません。

——お客さんは藤枝のかたでしょ。

昨夜私は住所と名前を、宿の用紙に記入したのです。

——藤枝の人間ですがね、ここが好きだもんですから、泊めてもらうことにしたんです。

彼女は無邪気に、嬉しそうに笑い出しました。そして、

——あなたのようなお人が、大勢いてくれるといいですがね。ここよりか藤枝のほうがマシだって、わたしらは思いますがね、と言いました。

彼女の気さくな笑顔に釣られて、

——ずっと前ですが、僕はここへ来て、お宅の裏のとこで水を貰《もら》ったことがあります。ポンプがあったんですが、と私は言ってみました。

——遠足の衆でしょう。水をあげたことがありますよ。そこのところのポンプです。

彼女はやって来た道を少し引き返して、私を案内してくれました。旅館の裏手に茶色に錆びてしまったポンプが取り残されていました。コスモスの繁みと、それに混じった葉鶏頭に覆われて目立ちませんでしたが……。

——藤枝駅に近い小学校の遠足は、いつもここでした、と彼女は言っていました。

今は乾いているポンプから、かつては水が輝いて跳ね、子供たちは興奮して群がる鳥のように、揉み合って大騒ぎしたものです。

独身主義者

その翌日、父の事業所に静枝は出ていませんでした。先ず私は、まだ体に巣くったままの疲れを意識して、彼女もそうに違いない、と考えました。私にとりついていたのはなかなか抜けそうもない重たい疲れでしたから、その分彼女に同情したのです。他の事務員に尋ねたかったのですが、気持ちがひっかかって、しばらくそれができないでいました。出社したのはお午《ひる》過ぎで、三時ごろまで私は黙っていました。それから何気なく、

――三輪さんは、朝から来ていないんですか、とまだ少年の事務員に訊《き》いてみました。

――今日は出ていませんね、というのが彼の答えでした。

その時父が、ドアを開け放してある社長室から、

――晃一、と呼びました。

私がそっちへ顔を出しますと、

——ドアをしめな、と言いましたから、私はその通りにしたのです。しかし父は落ち着きなく、

——応接へ行こうか、と言って椅子から立ちあがり、私がしめたばかりのドアを開いて、先に立って、廊下をへだてた応接室に入って行ったのです。彼はソファーに身を投げ出すようにして腰を下ろすと、続いて入ってくる私を待つ構えでした。

——昨日はどうしたのか、と彼は訊きました。

——小川《こがわ》港に行ったんだよ。

——なんで、そんな所へ行ったんだ。

——調べたかったもんだからね。あそこを舞台にして小説を書いてみようと思ってね。

——なるほど。

——……………。

——いいか、会社は会社だぞ。半日は出るというのが俺との約束だ。

——解ってるけどね。急に思い立ったもんだから。

——日曜日まで待てばいいじゃあないか。

——思い立ったってことは貴重だからね。その気持ちを生かしたのさ。

——待つことだって貴重じゃあないか。

――……。

――晃一、会社のほうも、何がどうなっているかぐらいは解るようにしておけって言ってるんだ。

――欠勤があったって、解るよ。……解ってくるよ、会社のことぐらい。

――頭で解ってもな。体がナマっちゃあ駄目なんだ。したい放題はいかんぞ。自戒しろ、お前。

――……。

――いいか、文士で食って行くのは大変なんだ。今はいいが、妻子を持った時のことを考えてみろ。

――妻子なんてことは考えちゃあいない。

――妻子は要らないってことか。

――そうさ。

父は嘲《わら》いました。未熟なことを……、と言わんばかりでした。未熟かもしれませんが、私は、売り言葉に買い言葉でそう言ったのでもありませんし、思い詰めた末の決意を言ったのでもありません。結婚して家を持つことを、まともに考えたことはなかったのです。

父はしばらく黙っていました。そして一旦宥《なだ》める口調になって、

——妻子が要らないと言い通すなら、それでいい。しかし、持ちたくても持てないということになったら、困るじゃあないか、と言いました。

——妻子のために働いている自分なんて、想像できないもの。

——男ってものは、妻子を持ったせいで、したいことができなくなってしまうなんてことはない。そのくらいのことは文学を読めば解るだろうが。

私は父が何を言い出すのか、といぶかしく思いました。父に、お前、それで文学を読んでいるのか、と言われた気がしましたから、反撥しつつ戸惑ったのです。しかし父は、普通の文学の読者らしく、余りに当たり前のことを言っていたのです。

——小説には夫婦のことが書いてあるだろう。どの作家のものを読んだって書いてあるだろう。詩には書いてないかもしらんが……、と彼は続けました。

——書いてあるな、小説には、と私は口先だけで応えました。

——文学者と妻子は、二律背反ということじゃあない。そんなことを物語っている小説はないぞ。

——………。

——お前がとんでもない心得違いしているとまでは言わんがな。特殊な独身主義の文学者だっていることはいるだろうさ。

——親父は僕にも結婚ぐらいは必要だと言うのか。

——そうだ、俺は俺で自分で考えてみて言ってるんだ。世間体《せけんてい》でものを言ってるわけじゃあない。

——僕と親父は別の人間だよ、と私は強情を張りました。

——それはそうだ。晃一、俺は自分の経験からものを言ってるんだ。それに、幸か不幸か、文学とはこういうものだという俺なりの考えも持っている。

——…………。

——古いかもしれんがな……。文学の見方が古いせいで、お前のやってることは解りそうもない。そう直観しているんだ。だから俺としては、俺の眼から見てよかれと思うことを忠告するしかないじゃあないか。

——それで結婚は必要だと言うのか。

——まあ、そう言うことだ、と父は、私の性急な口調をもてあましている様子で、苦笑しました。

——だがな、今は、お前はお前の言う通りに独身でいるしか仕方がない。世帯を持つ準備ができていないんだから。晩婚にしておけ。……そこまで指示していいかどうか……。

——指示したっていいさ。僕は別途考えるから。

——厳しく言っておきたいことは、キチンと半日会社へ出ることだ。

——出るよ。

——鉄則だぞ、これが。……お前、商売のほうにも最小限の実績をこしらえておけ。将来、中年になってから、自分で生活費が稼げないようじゃあ困るじゃあないか。俺だって、今のお前の面倒を見るぐらいのことは出来るが、お前が中年になるころには、ヨイヨイになってるかもしれん。酒も嫌いなほうじゃないし、と彼は続けました。

——僕のほうが先に、ヨイヨイになるだろう。大酒飲みだ。

——晃一、ひとに悲しいめをさせるんじゃあないぞ。

——親父さんにか。

——俺はいい。俺はお前に、文学を投げるな、と言っているくらいだからな。母さんだって、あれで文学趣味だから、心配はしていても、悲嘆にくれて、お前の足を引っぱったりはしない。そんなことはないよ。しかし俺は、お前の女房子のことが気に懸かる。やがてそういうことになってくるんだ。玄二も早晩妻子を持つと思うが、その時もし長男のお前が会社に足掛かりを持っていないとなれば、どうなると思うか。

——結婚はしないと言ってるじゃあないか。ところで、親父さんは、僕は文学では立てないと思っているのか。

——立てるだろうがな。立てる日まで、一筋縄では行かないと見ているんだ。

私はポール・セザンヌの家の事情のことを考えました。彼こそ、今父が言っている意味で、妻子を悲しいめに遭わせた男ではないか、と思ったのです。南フランスで銀行を経営していたセザンヌの父親は、息子の面倒を見続けましたが、息子の妻のことはかえりみなかったのです。画家の家庭は分裂し、苦難は一方的に妻にしわ寄せられていたに違いありません。われわれには、冷酷なまでにゆるがない意志をもって、絵に専念している彼がクローズアップされているのですが、今私の父が眼を注ごうとしているのは、子供をかかえたセザンヌ夫人の側だったのです。私の父は私を見て、息子はこれでは余りにも息が短い、青年の客気《かっき》はあくまでも青年の客気だ、と考えていたのかもしれません。私にも、この時、行く手の退屈を含んだ人生が見えてくる気がしました。

——俺は文学には無理解じゃあないつもりだが、と父は追い打ちをかけるように繰り返しました。

私は黙っていました。すると父は、

——なまじっか解ったような顔をされるのは迷惑か、と聞きました。

——本当言って、ありがたくもないし、迷惑でもないよ、と私は気張って、つっぱねる口調で応えました。

父の部屋は六畳で、家の北側にあり、いつもほの暗かったせいで鈍く光っている洋服箪笥と本箱が、雰囲気をかもしていました。中学生のころに芽吹いた私の関心は、その本箱の中みに集まっていったのです。倉田百三の《愛と認識との出発》や《出家とその弟子》、吉井勇訳の《源氏物語》、谷譲次の《猶太人・ジュウ》、エレン・ケイという人の《恋愛と結婚》、吉田絃二郎の《大阪城》、武者小路実篤の《愛と死》などが、薄闇の中にどんな順序で収まっていたか、思い出すことができます。そしてかたわらの本棚に並んでいた改造社版《日本文学全集》と岩波書店版《トルストイ全集》に圧倒されたことも……。やがてこれらの蔵書は私を誘惑し、私は、父の心の中の資産を分与してもらうような読書を始めたのです。後になると、どうしてあんな本に、と思える内容のものもあるのですが、初めて手にとって読み耽《ふけ》った時には、意味もロクに解らないくせに、ポーッとなったものです。それにしても、曲がりなりにも父と同じフィールドに立ったのですから、読書について父と会話すればよかったと思うのですが、私は黙っていたのです。父の本を読むことは禁止されていると私は思いこんでいたからです。父がこの盗み読みに気がついていたことは間違いありませんが、彼も私に何も言いませんでした。

しかし彼は、二十八歳になった私を前に置いて、及川製作所の応接室で言ったのです。

——お前、中学の三年ころからか、俺の本に手をつけ始め、高等学校の時には、よく読んでいたな。それがあるもんだから、どうしても俺には、お前のやっていることが見えるような気がするんだが……。

――文学青年は身内が苦手なんだよ。

私は自分の原稿を父に見せようとしませんでしたし、父もそれを求めたことはありませんでした。

――身内のありがた味は、生活を助けてくれることだけだ、と私は続けました。

父は顔を歪めました。いやな日に遭った時の表情でした。それにしても私は父をごまかすつもりはありませんでした。実感を正直に言おうとしても、ひどい舌足らずになってしまうのです。そして、そのことに気づいてはいても、どう言っていいのかわからないのです。父はしばらく怒りを抑えていたのでしょう、溜息をついただけで黙りこんでいましたが、やがて、譲歩した感じで口を切りました。

――俺は手持ちの本はしっかり読んだ。忠実な読者さ。読む一方で、それでよかったんだが……。

その時私は、自分でも思いがけないことに、傲慢な気持ちに捉《とら》えられました。父のことを気の毒だ、と思ったのです。この人はこんな息子を持ってしまって、と感じたからではありません。素朴で心やさしい文学の読者がここにいる、と改めて感じたからです。その感慨の中には、彼を見くだす気持ちが含まれていました。

自分の認識に誤りがあるとは思えませんでした。とは言っても、傲慢になった自分を支えるものが無いことも、イヤというほど感じていました。暗い無可有郷に住んでいる抽象的人間の在りかたにしがみついているのが自分だ、と私は知ってはいたのです。

——親父の言う通りにするよ、と私は吐き出すように言いました。

——結婚のことか、と父は訊きました。

——結婚はしない。

——………。

——毎日お午《ひる》から出勤するよ、まあ。

——まあ、じゃないぞ。月給を出すのは俺だからな。こうしよう、遅刻は月給の五パーセント、欠勤は十パーセント、その都度さし引くことにしよう。容赦しないからな。

父は言い渡しました。言っていることの割には、柔らかな口調でしたが……。

——取り分がロクに無くても、俺を恨むなよ、と彼は駄目を押しました。

それから、一仕事了えた時の表情になってつけ加えました。

——俺は二十三の時から三年間、結核で寝こんだ。それで、文学が病みつきになった。お前は十四の時からか、二年半同じ病気で寝ていて、文学に取り憑かれた。同病相憐れむってところか。

——親父さんは一家の厄介者にはならなかったがね……。

そう私が言った時には、空気はかなり和《なご》やかになっていました。

——おい、お茶を頼む、と父は事務所に声をかけ、やがてお茶を啜《すす》りながら続けました。

——九州に武者小路実篤さんの信奉者がいてな、武者さんの会を開くって言うもんだから、博多へ出かけて行ったことがあったよ。そこにいた女の人には驚いた。この人は書き手でな、小説や随筆を主人の眼を盗んでは書いたんだそうだ。卓袱台《ちゃぶだい》で書いていて、主人が部屋へ入ってくると、帳面と鉛筆をその下へ突っこんで隠したって言うんだ。俺が会った時には未亡人になっていたから、主人がいなくなってありがたいことは、気がねなしに文章が書けることだと冗談を言っていたよ。びっくりしたのはその後《あと》のことだ。俺たちが話し合っていると、そこへ、その人の娘さんが来た。娘さんといっても結婚していて、三十六とか言っていたが、お母さん、と言ってやってくると、母親は藪から棒に、あなたは必ず小説家になれる、まだ遅くないから書きなさい、と言うんだ。娘さんは、思い出したようにそんなこと言わないでよ、わたし子供が二人もあるのよ、どうして書かなきゃあならないの、そんなものになれやしないわよ、と困りきっているのさ。

——そんなもの、か。

鉄工場

翌日も三輪静枝は欠勤でした。その翌日もやって来ませんでした。私は、何気ないふうをよそおって、弟に聞いてみました。

——三輪さんはどうしたのかなあ。

弟は、一体なんだ、というように顎《あご》をちょっとそびやかしてから、

——さあ、どうなっちまってるんだろう、と言っただけでした。

弟は、愛知県のある工場から特別な寸法の油槽の注文を受けたところで、それが大きな仕事でしたから、一人の事務員の出欠などに関わってはいられない様子でした。

私は、こだわりが解けないままに、その日も過ごしました。明日までおいてみよう、と自分に言い聞かせて、考えないようにしました。

会社が退《ひ》け、藤枝駅まで歩いて行って、バスを待っていました。バラックの待合所がありま

したから、そこのベンチに坐り、やがて待ちくたびれるままに、駅前広場を眺めながら、四キロ近い道のりを歩いて帰ろうかな、と思い始めていました。新しい短篇に手をつけてみようか、という気分もなくはなかったのです。

少年のような事務員が自転車で通りかかりました。八十島金吾がその名前です。サドルの上に上体を真っすぐに保ち、両手を脇に垂らして、手ばなしで走ってきました。流行歌でも口ずさんでいるように見えました。私はそんな彼に釣られて、とても気軽な気持ちになったのです。ベンチから立ちあがって、呼んでみました。私の声が彼の耳に届くかどうか自信はなかったのですが、彼は敏感に反応し、人なつっこい笑みを眼のまわりに浮かべながら、今度は背を丸め、両肘をハンドルについて、近寄ってきました。

——君の家はどこだい、と私は訊《き》きました。

——どこって、晃一さんのほうです。お宅の前を過ぎてずーっと行くんですよ。

彼の話し振りは、事務所にいる時とはかなり違います。ぞんざいになる、とお硬い人なら言うかもしれませんが、親身な感じで、私はこのほうが好きなのです。窮屈な場所から解放された明るさが伝わってきます。

——三輪さんが休んでいるな、と私は言いました。

口を滑らせたような気がしました。すると彼は、得たりや応《おう》とばかりに、

——めずらしいですよ、彼女が休むなんてことは、と言いました。

——なんで休んでいるのかなあ。

——心の病気じゃあないですか。

——…………。

——無断欠勤ですか、あの人。

——そうらしい。

——よくないな、そういうのって。

——いや、君が知ってるかと思って。

——出てこない理由をですか……。僕は知りません。知りたいですか。

——知りたいね。

——そうでしょうね。晃一さんの立場からすれば、と八十島金吾はひとり呑みこみの言い方をするのです。

八十島金吾の稚《おさな》く、気さくな言いっぷしは、私に、言いたいことを言うように、とそそのかしてくるのです。そして私は私で、八十島を似たような気持ちにさせるのではないでしょうか。私が感じたのは、彼は事務所にいる時すでに、私との間の脆い垣根を早くとり払おうとうかがっていたのではないか、ということでした。私はバスの待合所で会うまでそのことに気づきませんでしたが、彼のほうは、なにかたがいに通じる肌合いをとうに感知していたのではないでしょうか。

——君は三輪静枝の家を知っているかい、と私は訊きました。

——知っていますよ。

——どこだい。

——晃一さん、モクをください、と八十島が言いますので、私が煙草を包みから一本引き抜いて渡しますと、彼は受け取って笑うのです。

その一本がつぶれて、くの字に折れ曲がっていたからです。彼はそれをそそくさと伸ばしながら、待合所に入りこみ、脚を開いてベンチに坐りました。膝にのせた拳《こぶし》から、煙がたちのぼっていました。

——どういうふうに行くのかな。バスで行けるのかい、と私は、じらすように喫煙している彼に訊きました。

——静枝んとこでしょ。行くんですか。

——そうさ。

——バスも使えますけどね。僕の自転車のうしろに乗ってください、連れて行きますから。

——いいのかい。

——尻の骨はいくらか痛むでしょうがね。……まあ、ちょっと煙草を吸わしてください。

私も煙草に火をつけて、金吾と並んでベンチに腰かけますと、彼は言いました。

——どうして静枝の家を知ったかといいますとね、事務所に星野っているでしょう。愛子っていうんですがね、彼女がね、夕方、丁度この辺だったね、僕をつかまえて、これから静枝んとこへ集まるんだけど、連れてってやろうか、と言ったんです。坊や扱いですよ。だから僕は、行かない、って言ったんです。静枝も一緒にいましたよ。愛子に、だれとだれが集まるのか、って聞いてみたら、及川製作所から二人、ほかに二人で、四人だって言うんです。女ばかりだからいいじゃん、って言うから、そんなものは女地獄だって言ってやったんです。そうしたら愛子がまた、それじゃあ来ないのね、って聞くから、行くはずがないじゃないか、って言ったんです。そうしたら愛子は、惜しいな、おいしいものがあるのに、って言うんです。いやらしい言い方なんですよ。その時静枝が横で聞いていて、来てよ、あとできっと来てよかったって思うから、って言ったんです。それで僕は行ったんです。

——三輪静枝に惹かれて集まりに出たってことか。

——惹かれたってわけじゃあありませんがね。静枝はとにかく女ですよ。

旧東海道から岐《わか》れて、山間部へ通じる街道へ入り、しばらく走って、八十島金吾は自転車を止めました。道沿いに、路面から少しくだったところに、静枝の家はありました。一応鉄工場の構えでしたが、まわりの槇の垣根や裏手の竹藪の様子から、元は農家だったのを改造したのではないか、と思えました。その家を見下ろしながら、私はためらっていたのです。アスファルトの縁のあたりで、雑草の中へ小石を蹴こんでいました。その揚げ句、このまま引き返したいと思ったりしました。金吾のほうをうかがいますと、まだサドルに跨《またが》ったまま、私を見ているのです。

ふんぎりをつけて、小さな坂をおりて行きますと、目の前のほの暗い仕事場に熔接の火花が噴き出したので、不意をつかれた気がしました。

火花を避けながら、奥から背広を着た男が出てきて応対しました。

——及川製作所から来たんです。お宅の静枝さんはどうなさったかと思いましてね、と私は言いました。

——ちょっと待ってください。私はこの家のもんじゃあないもんですから、と彼は応え、作業中の男を振り返りました。

熔接の火花は依然飛んでいました。私たちの足もとまで転がってくる火の粉もありました。私は作業する男を見守っていたのです。引き締った体恰好をしていて、精悍な感じさえあるのです。静枝の身内と見当はつきましたから、彼女の兄かもしれない、と推測しました。

仕事が一区切りになったのでしょう、彼は火を消して私に歩み寄ってきました。

——済みません、お待たせして。あいつ、四、五日会社を休ませてもらうと言うんですよ。本当にご迷惑をかけちまって、と彼は言いました。

かすれて低い、響きのいい声でした。

——お父さんですか、と私は訊きました。

——そうです。

——病気なんでしょうか。

——病気じゃあないんです。しかし、なんせ若いもんですからね、いろいろあるようです。

——病気でなければ、何よりですよ。

——会社のほうに許《ことわ》ってないんですか。あいつ、しょうがないなあ。

——届けは出さなくたって、別にいいんですが。

——病気でもないくせに……。届けの出しようもありませんですよ。申しわけありません。

——元気だと判ればいいんです。

——ちょっと寄ってってください。家内に説明させますから。

静枝の父は心苦しそうでしたが、それも率直に思えました。私は彼に好意を抱き、これだけでも来た甲斐があったと感じました。

静枝の父が〈家内に説明させます〉と言ったのは、仕事を継続しなければならなかったからでしょう。背広の客をあまり待たせるわけにもいかないということなのでしょうか。

私は一応、これで失礼する、と言ったのですが、結局帰らなかったのです。父親の人柄のせいで、この家になんとなく居心地の良さを感じたからです。

——案内しますよ、と父親は言って、先に立って表へ出ました。住居は別棟でした。

街道には八十島金吾が、自転車のかたわらで待っていましたので、

——もう少し話があるんだけど、と私は言いました。

——そのかたにも入ってもらってください、と静枝の父は言いました。

——僕はここで待ってます、と金吾は自転車に身を寄せました。

——お茶でも飲んでください。

——いいんです。ここで待たせてもらいます。

金吾は意固地《いこじ》に見えるほどでした。家に入れば気づまりなことになる、と思っているのかもしれない……、そう私は察しましたので、

——都合があるんだろう。帰ってくれたっていいよ、と言ってみましたが、

——ここで待っています、と金吾は微笑しながら繰り返しました。

私は仕方なく金吾を残して、静枝の父に従って行きました。彼は、住宅の玄関へ入ると、

――及川製作所のかたが、静枝のことを心配してきてくださったんだ、と奥に声をかけました。

静枝の母が出てきて、

――済みませんです。こちらからご連絡しなきゃあなりませんでしたのに、と言いました。

――説明してあげてくれ。届けもちゃんと、お前書いてな。本当は本人が書くもんなんだろうが……。

――日数はどうしますか。

――何日休むかってか。ああそうか、数日とでもしておくか。

――届けなんか要りませんよ、と私はさえぎりました。

父親が立ち去ってしまうと、私は母親に訊きました。

――静枝さんは今いないんですか、お宅に。

――そうなんですよ、と応えて、彼女はしばらく言いよどんだのです。

私は自分が訊いた途端に、彼女の顔に、一種美しい困惑が表れたのを見て、胸を衝《つ》かれました。自分は今いけない場所に踏みこみつつあるのではないか、彼女に尋ねているうちに、いつしか、彼女に尋ねられる立場になってしまうのではなかろうか、と思えたからです。それにしても、尋ねてみたかったのです。期待のほうが怖れより強い、と私は思いました。

静枝の母は大ようでした。心の中を見せるのをケチったりしませんでした。

静枝の母に、私が通じるものを感じたきっかけは、彼女と静枝がとても似ていたからです。静枝の母は静枝よりも少し太っていて中年の落ち着きがありましたし、静枝のように腺病質の影はありませんでした。鉄工場のおかみさんらしいと言えば、その通りでしたが、私のような若僧にも、その年齢でなければならない女を感じさせるのです。私は自分の眼の動きがぎごちなくなったのを感じていました。意識して彼女を見るからです。相手の総体を視野に入れることができなくなって、あの部分この部分を掠めるように見るのです。

——いとこのところへ行ってるんですけど、と彼女は改めて切りだしました。

——……。

——浜北ですが。

私は聞き入りました。静枝の母は自分の言っていることが私の耳に吸収されているとわかったようでした。話しづらそうで、またためらって、

——あなたは社長さんの息子さんじゃありませんか、と別のことを訊きました。

——そうですよ。

——長く外国で暮らしたんでしたね。

――ええ。二年半ほどでしたが。

――フランスなんかで……。

――そうです。……十日ばかり前ですよ、会社へ入ったのは。

――そうなんですか。

――静枝さんは三年ですか、会社へ入って。

――三年越えましたね。長いことお世話になっているんですよ。

――………。

――よろしかったら、おあがりください。

私は表で待っている八十島金吾のことを思いました。……しかし彼は、再三家に入るように勧められたけれど、動かなかったんだ、と考え、それを口実にして、彼女の言葉に従いました。通された部屋は六畳の和室で、うすべりを敷き、簡単な籐椅子のセットが置いてありました。竹藪を透《すか》して来る光が行きわたっていて、戸外の澄明な夕暮れが感じられる一隅でした。

――このところ黙ってしまったんですけど、なんだか頼りない言い方で、会社休んで旅行してくるって言い出したんですよ。

――いつでしたか、それは。

――十日でした。

——………。

——あの子の顔を見ましてね、お前家出する気じゃあないでしょうね、と訊いてみたんです。すると、もし家出するんなら黙って行くんじゃあないかしら、ふうちゃんのとこへ行ってくるんだ、と言うんです。ふうちゃんっていうのは一つ年上の従姉ですけれど。

——………。

——本当にわがままで。

——連絡はつきましたか。

——つきましたですよ。さっきも電話してみたんですけれど、本人じゃあなくて、その従姉が、こっちにいる、と言っておりました。その子の所を足場にして、あの辺を回ってみたいんですって。今日は奥浜名湖へ行っているということでした。

——息抜きじゃあないでしょうか。

——計画を樹《た》ててから旅行するんならいいんですが、いきなり飛び出しましたから。

——以前から温めていた考えでしょう。

——そうかもしれませんね。でも疲れていたんですよ。様子を見ると判りましたから……。九日の朝には、一睡もできなかったと言って、土色の顔をしていましたもの。

——それで翌日発《た》ったんですね。

――そうです。

――…………。

――事務所ではどんなふうでしたかねえ。

――…………。

――みなさんお忙しいでしょうし……。

――消耗しているとは言ってなかったと思うんですが……。

――そういうことを素直に言う子じゃあありませんです。

――…………。

――いつ帰る気、と訊きましたら、長くも行っていられない、一週間したら必ず帰ってくるから、と言っていました。

私は思いました。伊吹綱夫と私の原稿を渡した時、十日間貸してほしい、と彼女が言っていたことを。私は、静枝はあの約束を守るつもりだな、と思い当たり、胸に立ちこめていた灰色の靄《もや》が晴れて行くように感じました。そして私は、静枝の母に、原稿の件を知っているかどうか、尋ねてみよう、彼女がもし知らないと応えたら、こちらから説明しようか、と一瞬思ったのです。しかし、言いそびれて、そのままになってしまいました。そして、そんな自分を小心者と認める代わりに、要らないことを言いだして、静枝に家の中で気まずい思いをさせるかもしれないから、という弁解を自分に言い聞かせていたのです。

静枝の母は続けました。

——一週間以内よ。あなたの自由は奪いはしないけれど、今言ったことは守ってね、とわたしは念を押しておいたんです。それまでに帰ってきますか、どうか……。

——大丈夫ですよ。大体、大した脱線じゃあないと思うんです。

——そうですかしら。……親としてはちゃんとしてほしい、ここへ来てハラハラさせないでほしいって思うんです。婚約しているんですから、あの子は。

彼女がそう、口をついて出た感じに言いますと、私の動悸は昂《たかま》り、収拾がつきませんでした。胸苦しく、目先に黒い断片がチラつくほどでした。

反射的に、かっていつこんな経験があったか、と過去をふり返りました。自制しようと努めても、血が心臓の内壁にぶつかるのが聞こえ、沸き立つのが赤く見えてくるようでした。しかも、鼓動はとどこおったり、突然たたらを踏んだりして、持病の不整脈を意識させるのです。

一方で私は、自分の変化を静枝の母に気《け》どられまいとして、内心大童《おおわらわ》になっていました。この潮が退くまで、喋るのも身動きすることも自分に禁じようと思いました。胸の芯の騒ぎがどうなって行くのか、ひそかにうかがっていたのです。

——事情は判りましたから、これで失礼します、と私は意志して言いました。

——申しわけございません、糸の切れた凧《たこ》のようで。キチンとしなきゃあいけない、って言ったんですが……。

——いいんです。なるべく早く出てくるようにおっしゃってください。

——明日朝にでも、浜北から電話させます。

——出て来れる日を告げてもらうのはいいと思うんですが……。

玄関から外へ出ますと、彼女も履物をはいてついて出ました。住宅から街道へ出て行く路地は、片側は高い槇の生け垣、片側は竹藪で、とても暗かったのです。眼が馴れるまでは真の闇でしたが、その鮮明な黒の中には私の惑乱が羽虫のように飛んでいました。

——足もとに気をつけてください、と静枝の母は、早足になって私を追い越し、街道沿いのほの明るい範囲へ出て行きました。そこには鉄工場から光が流れ出ていたのです。

彼女は仕事場へ入って行って、

——及川さんがお帰りです、と主人に言いました。

主人は来客と、仕事場の隅で酒を飲んでいました。簡単なテーブルに、一合入りのガラスの徳利四、五本と、コップ、それに裂き烏賊《いか》やピーナッツを置いて、二人が椅子に坐っていたのです。

——つき合ってくれませんか、と静枝の父は私を酒に誘いました。

実は、招きに応じたかったのです。しばらく飲んでいれば、無灯の夜の中へ踏みこんで行くような、千鳥足の心の動きも、恰好がついてくるように思えたからです。ここでいい、飲んでしまえ、と私はよろけ込みたい衝動を感じました。しかし一方で、不思議にはっきりと、危険を意識しました。酒によって気持ちは一つの流れに入るけれど、醒《さ》めぎわには、一切の希望から絶縁されるほどの、自己嫌悪が残ることを。

酔って上昇して行く時に人間が変わることはない、醒めつつ墜落して行く時に、人間は無残に変わる、という思いが、私には植えつけられていました。胸を掻きむしりたいほど辛い酔い醒めはどういう場合に起こるかも、私は自分の飲酒歴から既に承知していました。それでこの場合も、踏みとどまらなければならない、さもなければ深酒の報《むく》いをかぶることは目に見えている、と自分に言い聞かせたのです。

——ありがとうございます。今日は帰ります、と私は静枝の父親に言いました。

——何か用事がありますんですか。

——ええ、少し……。

——残念ですな。一口いかがですか。

静枝の父親がそう勧めるのは、私が彼に対して抱いている親近感を、彼が嗅ぎつけていたからでしょう。彼が私と飲んで話したがっているのが感じられ、私にも、いつもの人見知りは起こりませんでした。私がもし（私なりの）平常心を保っている時なら、彼の誘いにのこのこと応じていたでしょう。

——書きものがあるんです、と私は言ってしまいました。

——ははあ、書きものですか、と彼は不審気な様子でした。

——何か文章を作るんじゃないんですか、とその時、静枝の母親が口を挟みました。

——……………。

——この方は社長さんのお子さんなんですよ、と彼女は言い足しました。

——そうなんですか。すると、専務さんの弟さんですか。

〈専務さん〉とは私の弟のことです。

——兄です。

——長男の方ですね。

——ええ。

——あなたのことなら、成吉から聞いていましたよ。村越成吉って男をご存じでしょう。

——知ってますよ。小学校と中学が同級でした。

——そうだそうですな。あれは、私の甥っ小僧なんです。

——……………。

——喧嘩っ早かったでしょうが。

——僕は村越君と親密なほうでしたけど、そうは思いませんでした。

——そうですか。あいつが荒れたのは、造船所へ入ってからでしたっけかな。

——…………。

——やっこさんね、申し分ないパンチを喰らってきたことがありましたですよ。葡萄《ぶどう》の色の隈《くま》のまんなかで、血走った眼がギョロついていましたっけ。

——いつのことですか。

——学校出て、造船所の工員になると間もなくでしたな。

——村越君にも、大変な時があったんですね。

——それだけじゃあない。用宗《もちむね》の造船所でしたから、今の港の近くの海へ叩きこまれたこともありましたっけ。

——相手はだれですか。

——どうせどうしようもない連中ですよ。漁船員も仲間に入っていたって言ってました。

——村越君は一人だったんですか。

——そうらしいです。一対三だったそうです。あいつは英雄か犠牲者にでもなった気になるらしいんです。

あどけないともいえるそんな感情なら、私にも身に覚えがないわけではありませんでした。私も十代半ばの一時期、ふくれあがってくる幻想に身を委ねて、自分を強者とも、多数に迫害されているともイメージしたことがあったのです。ですから私は、村越成吉のことを、一つの培養池から生い立った同類ではないかと思い、何となくなつかしかったのです。あの彼が、そんなタイプだったとは……。

——変わったんですよ、村越君は。

——三つ子の魂百までってことじゃあないですか。

——……。

——海へ抛《ほう》りこまれたのは夜ですよ。真夜中だったんじゃあないですかね。それで大崩《おおくずれ》の下まで泳いだんだそうです。二千五、六百メートルはあるでしょう。小さな浜にたどりついて、釣りの連中の焚火で暖まったというんです。釣り師だってあきれたでしょうな。

静枝の父の話を聞きながらも、私は酒に口をつけませんでした。一旦飲むまいと心に決めたことが、心を離れなかったのです。私は神経質に、少なくともあの時だけは、酒の底意地悪い作用を怖れ通したのです。

それにしても、村越成吉の消息を知らされたことは、理由《わけ》もなく慰めとなりました。話した静枝の父親の声のせいでもあったのでしょう。快いバリトンで、おもしろそうに彼は語るのです。まだ尾を曳いていた私の動悸の昂りを、彼の声と口調はかなり平らにしてくれたのです。しかし、すぐに、彼女への関心は戻ってきて、また私の気持ちをつかまえました。そして村越成吉のことは、夜の滑らかな水面に揺れる月の影のように、鮮やかではあっても、行きどころのない、孤立した印象となって残っただけでした。

三輪夫妻とその客は、私を表まで送って出てくれました。街道に立って彼らと挨拶してから、私は八十島金吾を探さなければなりませんでした。しばらく彼のことを忘れていたので、済まなかったと思いながら、最前彼と別れた場所を見に行きましたが、彼はいなかったのです。私は鉄工場の近辺を、眼を配りながら歩き回りました。三輪夫妻も協力してくれました。

金吾を見つけたのは私でした。鉄工場の横手で、大きな石に腰かけた彼は、私を認めていたのに合図をするでもなく、上目づかいにこっちを見ていたのです。彼の肩のあたりには、すねた表情がありました。

――気の毒したな、と私が声をかけますと、

――冷えちまって、鼻と耳が痛いですよ。充分お話はできましたですか、と彼は言って、白い歯を見せました。

わずかな光を受けてキラめくほど白い歯です。彼が自転車に跨《またが》りましたので、私は離れたと

ころから三輪夫妻に礼を言い、その荷台に腰掛けました。

——静枝とは会えませんでしたでしょう、と彼は走り出しながら言いました。

——残念ながら。

——留守でしたでしょう。愛用のお車がありませんから。

——なるほど。

——どこへ行ったって言ってましたか。

——浜北だそうだ。用事があってさ。

——それで謝ったんですね、親父さんとお袋さんが。

——うん。

——親に謝らせておいて、優雅なドライブか。甘やかされたんですよ。悪い子じゃあないんだがな。

——あの人は一人っ子なのか。

——末っ子ですよ。兄貴が二人あって、二人とも働きに出ているんだそうです。東京に一人、静岡に一人ってことらしいんです。

——それにしては両親が若いな。

——早い子持ちですかね。

——まあ、そのうち出社するだろ。

——晃一さん、今夜は自棄酒《やけ》を飲みましょう。

——自棄酒……。なぜ自棄酒か。飲まないよ。

——飲んでくださいよ。

——家へ帰って考えたいことがあるんだ。

——酒屋で一杯やるだけですよ。二十分で済みます。

——いいから、家へ送ってくれ。酒代をやるから、一人で寄ればいいじゃあないか。

——要りませんよ、飲みしろなんか。晃一さんと一緒に引っかけたいんです、コップで。

——待たせて悪かったけど。

——長らくね。

——とにかく、酒はいやだ。

——………。

——嘘言っていると思うか。

——そんなことはありません。本当でしょうね。すばらしい決意ですよ。感心しているんです。

対岸の〈婚約〉

自宅の前で、八十島金吾とそっけない感じで別れました。門を入って玄関に近づきながら、酒を飲むまいと心に決め、それを実行できたことを、本懐に感じました。

私はホッとしながら、われながら子供っぽく思える言い方で、俺には今夜の行く手の自爆が見えた、だからそれを回避することができた、今夜は考えてみなければ……、と呟きながら、歩いていたのです。

たみさんは、夕飯の支度がしてあります、と言いましたが、私は食べるのはあと回しにして、とにかく自分の部屋に入りました。一刻も早くひとりになりたい、と思っていました。相手が三輪夫妻であろうと、八十島金吾であろうと、ひとに会っているうちは、つきまとう荷物をかたわらに置くことができない感じなのです。たみさんでさえ、さまたげになるのです。自分ひとりの部屋に入ってはじめて、荷物をほかし出すことができると感じていました。

呻き声に似た溜め息をついて、籐椅子にその荷物ごと身を投げ出しました。父が結核の時買い、それから同じ病に罹《かか》った私が使った古い椅子です。私は眼をつぶりました。それにしても、まだ妄想から解きはなたれていませんでした。

……夕方、駅前のバスの待合所で、なに気なく八十島金吾に呼びかけた。それが思いがけない事態に入りこんで行くキッカケになった。あれは何だったのか。婚約……、たった一言《ひとこと》が、猛然と襲いかかってきたようだったじゃあないか。

しかし、しばらくして衝撃が薄れて行くと、思いがけないことなど一つもなかった、と解ったのです。大体、静枝の消息を知りたがったのは私ですし、それが実現したというだけの話です。判明したのはすでにあったことで、私の眼の前で突発したわけではありません。

——平凡なことじゃあないか。

短いさすらいの旅に出ることくらい、現代では大勢がやっていることですし、それに、静枝の旅が私に関係しているとしても、気に懸かることではあり得ても、意外に感じられることではないはずです。婚約にいたっては、二十六歳の娘であってみれば、まったく普通のことなのです。

充分予想できる事実を聞いたに過ぎないのに、私は、自分のテンデンバラバラの動悸にもてあそばれる状態になってしまったのです。特に考えるまでもなく、私が迂闊《うかつ》だったということです。しかも、この解りきったことが解るのに、猶予と、一人になることと、静寂が必要だったとは……。

それにしても、こう悟って済むことではありませんでした。私は〈婚約〉について考え始めてしまい、自分の偏見を掘りさげて行ったのです。〈婚約〉は私が住んでいる土地の対岸にある事柄でした。

東京から送りつけたばかりで、ほったらかしになっている荷物から、無罫《むけい》の大学ノートを引っぱり出してきました。三月ほど前、気まぐれにそれに鉛筆で感想を綴《つづ》り、黄色の表紙には〈内と外の流れ〉と書いておいたのです。思いつきでしたことなのに、感想文は五回続き、いつかそのノートが気持ちの捌《は》け口のように感じられるようになっていました。それが無罫であること、柔らかな鉛筆で書き始め書き継いだことがいい具合だったのでしょう。

私にしか読めない字で、書いて行きました。

　　静枝が婚約していると知らされ、いきなり心臓が躍り始めた。心臓は今も、木立が嵐に揉まれてしきりにざわめいている闇にほうり出されているようだ。しかし、婚約を破棄させて、自分が代わって婚約しよう、それには彼女をどう口説いたらいいかなどとは、やはり考えていない。嫉妬と羨望はあるのだが、それに対する手当てはしようとしないで、出口のない柵の中にいて、いたずらにあがいて、疲れを重ねるばかりだ。これが自恃《じじ》か、在るべき及川晃一をこんなにも放棄したくないのか。自分は二重人だ。もしこの嵐が去ったとすれば、灰色の海岸にボロボロの難破船が残るだろう。

救いはない。

多くの言葉を呪い、呪うことに誇りを感じてきた。その種の呪われる言葉の一つとして、〈婚約〉が加わることとなった。

だれだって婚約ぐらいするさ。しかし俺にはできない。俺は呪縛されている。何に……。潜在心理の問題かもしれない。それが自分の子供のころからの生き方に関わっているのが解る。そして更に、ヨーロッパ、アフリカでの体験が、この傾向を決定的にしてしまった。

シシリー島の東岸をたどる街道で、単車から一旦降り、エトナの雪の尾根に眼を這わせ、振り向いて、飽くまでも青い地中海にすべての感覚をひたしていた時、啓示が聞こえる気がした。霊媒が陥る脱魂状態はこうであろうか。あの時間はゆきずりのものではなく、癒《い》えることのない痕跡となった。

赤い市、マラケッシュから、高アトラスを越え、サハラへ出て行く道でも、脱魂まがいの体験があった。聳《そび》えるトゥーブカルを望みながら聞いた風、それに融けこんで運ばれてきた山奥の住人たちの声、とりわけ子供の声は、永遠の音となって耳に残ってしまった。自然を鍛冶場《たんや》として、言葉を感得しようとした修行者のひそみにならおうとして、ついにその気になったかのようだった。修行者になること……、それもまたズッコケ学生の妄執なのか。貴様は学問に興味はまったく無く、就職の望みもなく、野良犬のように自分を感じていた。

貴様はやっぱり滑稽な幻想の虜《とりこ》だ。言いたいのは、大体こんなことなんだろう。

自分は新しい言葉を、遠くから呼ぼうとしている。遠い泉から汲もうとする。だから、エトナ山や地中海、トゥーブカルの峯やサハラ砂漠での〈脱魂〉の体験を頼りにしようとする。そこに具体的に言葉があるのではなくても、そこには言葉を産む力が感じられる。まるで神様が決めたように、自分にとって地中海・サハラは運命の場所になった。そして今や、第二、第三の地中海・サハラを探している。〈婚約〉や〈世帯〉なんかやめとけ。このまま〈コンプレックス・イコール・プライド〉を維持して、悲しみを悲しみのままに充実させてくれる時を、怺《こら》えて待とう。

貴様は、まことにまことに、滑稽な幻想の虜だ。続けて言いたいのは、大体こんなことなんだろう。

自分は洞窟に閉じこもっているわけではない。なぜなら、自分の感覚は、自然に対して全開状態だし、人間に対しても充分関心があるのだから。

自分ほど人恋しい思いを抱いている者はいない。しかし、多くの人はなぜ彼本来の感じ方をしないのか。だからこそ自分は、今対面している人間にさえ、心を開いていることは少ない。

なぜなら、いつもそこに集団意識を見てしまうからだ。相手の意識が集団に属しているということだけなら、嫌っても仕方がないから、文句をつける気はないけれど、当方を具体的に集団の一員にしようとしたり、当然その一員と見なしていたりするのがやりきれない。眼に見えない集団意識が、蛸《たこ》のようにからみついてくる。

貴様はどう見ても、滑稽な幻想の虜以外の何者でもない。言いたいことは、せいぜいこんな程度なのだろう。

自分の現在の体験には、例外なく地中海・サハラの異常体験の影が落ちている。だから、日本を見ているにしても、リアリズムで見ていないのだろう。そのせいで、仕返しされているのに違いない。自分は異邦人になったのだ。ひねくれ、反撥するのもそのせいなんだろう。戻るべき現実を嫌悪し、心の底でそれを村と名づけて、そのしきたりに足をとられまいと、体を硬くしている。

貴様は笑うべき幻想の虜、孤独マニアだ。しかしいくらか見どころがあるのは、それが劣等意識に起因する歯ぎしり、強がりだということに気がついていることだ。それにしても線が細いな。いつも胃が痛むだろう。心臓だって保ちきれないぞ。痛々しい。

考えがしばらくとぎれた時に気がついたのですが、私はいつの間にか籐椅子を離れて、寝床に腹這いになっていました。掛け蒲団の上にです。体が冷えていましたので、その下にもぐり込みました。たみさんが替えてくれた洗いたてのシーツが、ごわごわする肌ざわりで、しかも温もりを含んでいるように感じられました。

無罫の大学ノートに鉛筆で、私は更に少し走り書きを続けました。

貴様は幻想の虜、孤独マニア、滑稽な復活体だ。考えてみるがいい。シシリーだって村だ。モロッコだって村だ。ただいずれも貴様と無関係の村だったから、貴様はそこではリアリズムから離陸し飛翔した。

貴様は貴様の秤《はかり》でしか、貴様の命をはかることはできない。ではその秤とは何か。(つまり、貴様の深い気懸かりとは何か、ということなのだが……)それは人間社会の落第生であることからくる不安と劣等意識、そして、あくまでも開き直りたいという強情だ。そんな貴様に対して地中海・サハラは麻薬の作用をした。だから貴様は、自分は他の誰でもない自分自身に向って解放されたと錯覚した。

ここで私はやりきれなくなって、鉛筆を止めました。これ以上書き継いで行けなかったのです。大部分は夢中で書いたとはいえ、芯が疲れる作業でした。たとえその疲れは、興奮の余波にかき消されて、まだ私を打ちのめしてはいないとはいっても……。

私は大学ノートを繰って、今夜の分を眺めてみました。鉛筆書きだったせいと、小さな文字の配列が全体として歪んでいたせいで、文章というよりも、自分だけにしか判らない、ひそかな暗号のようなものとして眼に映りました。気持ちのたかぶりと疲れが入りまじった体の状態も、そんな錯覚に輪をかけたのでしょう。しかし、執筆している間に、文章にしたことの何十倍もの想いが、頭の中を流れたのは事実だったのです。

東京で、大森の伊吹綱夫の下宿へ、樋口聡、藁科亮吉、それと私が集まった時、今夜ノートに書いたようなテーマを、私たちは話したのです。議論の中途では、たがいに身を切るようなぶつかり合いもあったのですが、終わりには、会う前よりも気持ちが融け合い、私たちは四人かたまって、丘の上の暗い細道を、木立越しの人家の灯を見下ろしながら、馬込から大森駅へ出て行ったのでした。その時、夜の中を生き生きと、妖精のように舞っていたのは、希望でした。私たちは地中海とかサハラとか、自由とかいまわしい村の意識とかを、あこがれとか侮蔑とかを話題にしながら、自分たちの眼の輝きを夜空に反映させていたのです。しかし今となると、同じテーマを採りあげながら、なぜ疑いと落胆が、こんなにその中に紛れこんでくるのでしょうか。

籐椅子に坐ったまま身をかがめ、両肘を膝にのせて、畳を見るともなく見ていました。静枝が〈三時間ぐらい一緒にいました。晃一さんとは三時間が限度ね〉と言って、事実だから同意してほしいといった様子で、こっちを見つめた時の微かに捩《よじ》れたような顔が浮かびました。その時の眼に執着して、私はそのイメージを手離したくない、と思ったのです。やがて、〈晃一さんね、わたしに謝ってくれなくたっていいけれど、こんな寂しいところに本当に泊まるんですか〉と弾む息を抑えながら言う彼女の表情と交替しました。二つのイメージを、私は送ったり迎えたりしていました。

静枝のたたずまいと声を、立ち消えにすまいとして追いかけていたのです。

カサッという音が聞こえたようでした。私はわれにかえり、すぐに空耳だと気づきました。この部屋に移って以来、高い天井にとりついている蜘蛛《くも》を、私はいく度も見ていましたから、こんな錯覚をしたのです。

天井を見上げて、しばらく眼で探しますと、いつもの蜘蛛が、電灯のコードに身を寄せているのが判りました。電灯の傘を手に持ってゆすりました。蜘蛛を移動させようとしたのです。蜘蛛はもっさりと動き始めたと思ったら、いきなり黒い風のように走って、天井の縁へ行きました。動きを止めると、例の通りの恰好をしています。

私は蜘蛛を視野に入れながら、なおも静枝のことを思い返していましたが、フト当の自分の姿に思い到りました。自分もまた頑《かたく》なに暗い領分を固守している、私の真上の天井にいるのは畳の上にいる私の分身だ、と感じたのです。

——こんな男が女のことを思ったって、思うだけなら、悪いことはないだろう。場違いってことはないだろう、と私は心に呟きました。

それから、ひとり笑いしながら、

——蜘蛛は雌なんだろうが……、と自分をからかいました。

ひょんなことで笑いが浮かんだので、あの眼がくらむほどの動悸の昂りからずっと続いていた悲しみは、引き潮に乗ったように、遠ざかって行きました。束の間の救いでした。私に解っていたのは、それは間もなく、速い満ち潮に乗って、近寄ってくることでしたが……。

台所へ行きますと、杉崎たみが眼鏡をかけて、琵琶の本をかざして見ていました。きっと唇だけで音読していたのでしょう。彼女は本を畳に置いて、私を見上げました。私は彼女の前に坐り、それを覗《のぞ》きこんだのです。

――〈本能寺〉の稽古をしていたのか。

――稽古ってわけじゃありませんです。眼を通していたです。

――僕に遠慮しているんだね。

――そんなことはありませんですよ。読んで意味を考えておくことも、しておきませんと歌えませんですに。

私は琵琶の本を手にとって、拾い読みしてみました。

――うまく書いてありますでしょうが。

――うん、おもしろいな。

――〈本能寺湟《ほり》ノ深サイク尺《せき》ナルゾ〉。明智光秀が胸の企みを、思わず口にするんでしょう。いいとこですの。

頼山陽の文を引いてあるんだろう、と私は思いました。

——旦那さんなんかから見たら、感心するほどのことじゃあないでしょうが……。

——感心するよ。

——そうでしょうかの。

——〈本能寺〉はたみさん得意なのか。

——好きだっていうだけですに。

——やってみてくれよ。

——今夜はやりません。

——景気をつけてくれよ、なんだか寂しいから。

——帰っておみえの時、ひどく疲れているように見えましたです。旦那さん、今夜はもう休んでください。

たみさんは心配そうに私を見やっていましたが、やがて別の本を膝の上で繰っていました。

私は壁ぎわに寝かしてある琵琶と、古い袋に入れられて、柱に倚せかけてあるもう一面を眺めていました。

——他にはどういう曲が好きかね。

——〈城山〉なんかもいいですの、と彼女は本から眼を上げて応えました。

——西郷南洲かね。

——そうです。

——硬派だな、たみさんは。

——硬派……。

——勇ましいな。

——勇ましくもありませんです。昔っからグズですに。

——小学校のころから、僕はたみさんを頼りにしているんだ。小学校のころには、たみさんのあとをくっついて歩けば、大丈夫と思っていた。

——お世辞を使わんといてください。

——なんだか頼りになる気がするな、あんたは。

——嘘ですよ。

——実際だよ。

——そんなことを言っているよりか、旦那さん、ご飯にしますかの。

——そうだ、忘れていた。めしを食おう。

たみさんに言われて、私は空腹を意識しました。起床してからまだ一食しかしていなかったのです。

彼女が用意しておいてくれたのは、鉋《かんな》でかいた鰹節をダシにした野菜の煮つけと、ほうれん草のおひたし、それにとても塩からい鮭の切り身でした。

――草鞋《わらじ》みたいな鮭ですがの。お茶漬けはどうでしょうかの、と彼女は言いました。

杉崎たみの飾り気のない人柄に、今夜も手応えを感じました。私にとって、こういう人は稀なのです。私は怒りや悲しみに支配されやすい性質で、そうした気持ちに陥ると、多くのことに違和感を抱いてしまい、滅多に慰めを受け容れなくなってしまうのです。そんな時、特別な人がいて、私を救ってくれるのです。その人に徳があるからです。そして、私がその人に合っている何かを持っているからでしょう。

夕食を済ますと、部屋へ戻って籐椅子に坐り、また自分だけの想いに耽《ふけ》りだしました。思考の野放図な迷走です。いつしか妄念のまんなかへ入りこんでしまい、やがて振り回されている自分を意識し、この状態をまぬがれたいと願いながらも、どうにもならないのです。想い続けるかたわらで、休息を得るためには死ぬしかない、と棄てばちに呟くほどでした。

それでも最初はうぬぼれて、俺という名の宇宙が動きだした、と思ったりしました。確かにそんな実感もあったのです。けれどもしまいには、当人の意志を無視して暴走する思考を、病気だ、血の中に潜んでいる何かだ、と感じないわけにはいかなくなりました。

私は考えました。

キリストは宦官《かんがん》には三種類あると言っている。第一は生まれつきの宦官、第二は手術されてしまった宦官、第三は志願して自らを宦官とした者。キリストとその弟子たちはこの第三のたぐいだ。ところで、及川晃一もまたこの第三種ではなかろうか。

私は、思わず自分をあざ笑いました。

志願する以上は、その願書を受け取る相手がなければならない。キリストとその弟子の場合、願書の提出先は神で、はっきりしているけれど、及川晃一の場合、それはだれだろう。だれもいない。願書の受け取り手はないんだ。あえて言うなら、及川晃一の場合、幻想界の窓口に願書を提出したんじゃあないか。

なぜこんな蜃気楼が出現したのだろうか。及川晃一が生活能力を欠いているからだろう。きっとそうだ。蜃気楼がなければ、彼はやりきれないことになってしまう。結婚を拒絶しているのではなく、拒絶していると自分自身に言いきかせているのだから、事実を覆いかくすための蜃気楼が必要だ。

ヴィンセント・ヴァン・ゴッホのように率直に認めたらどうか。彼は言っているではないか。〈こんな汚い絵の仕事なんかより、結婚のほうがどんなにいいか〉。彼は自分に対して、実情を包み隠ししなかった。

ここまで考えてきた時、私は辛《つら》くて堪えきれませんでした。われながら意気地がないと思いながらも、湧きあがる涙が瞼を越えるままにしていました。

寝床に仰向けになって、しばらく泣いていました。すると、気持ちが萎《しぼ》んできたと思えたのです。ビッグバンが起こったかのように、大規模な運動体に感じられた私の宇宙も、実は、割合にありきたりの、小さな、萎縮した我《エゴ》の足掻きに過ぎなかったのではないか、と考えられるようになってきました。

オーバーを引っかけ、縁側の雨戸を一枚繰って外へ出ると、軒にしゃがみこみました。眼の前はまだ青い闇で、立ちはだかっている竹藪が静かに揺れていました。星の反映を細かく砕いているその梢の波に、しばらく気持ちをゆだねていたのです。昨日の宵から、私の想いは制約をはなれ、際限もなく動き回りました。私はまるで病気に突き動かされる旅人があてどなくふらつくようでした。どこへ行ってしまうのか見当もつかないのに、ともかく、当面の光景に摑《つか》みかかっていったのです。道筋は曲がりくねってしまい、変な眺めが現れはしましたが、しかし私は、それらを見捨てる気はありませんでした。それどころか、一つ一つが自分に本質的な、貴重なものにも思えるのです。それらを要素として、及川晃一の〈世界〉は創られていくのだろう。そのためには厖大なエネルギーと時間が要求される。現実への無関心が要求される。三輪静枝とは確かに出会ったけれど、やはりここで、やり過ごすべきだ。彼女のことはあきらめなければ、と私は思いました。〈婚約〉などを追求する資格がないことも、明らかでした。

それから私は、ここへ来てようよう落ち着くことができた、潔《いさぎよ》くなることができた、と感じたのです。

合図するように尾長がやってきました。この鳥は地面すれすれに飛んで来て、棕櫚《しゅろ》の木立へ突っこむのです。このところ四時二十分にやって来ます。前の朝と時間のズレはありません。

私は長い間、軒端にしゃがみこんで青い透明な闇が少しずつ白み、大火事を思わせる朝焼けが拡がっていくのを見ていました。近所の寺で六時の鐘が鳴り、（おそらく）それまで待機していたたみさんが起きだしました。私のことを思って、雨戸も繰らないで、ひっそりと働き始めるのです。

原稿

それから五日目、会社が退《ひ》けてから、弟と私は事務所のわきの小部屋で、オン・ザ・ロックをすすり始めました。まず弟に酔いが回り、それから私が追いかけ、話が弾みかけた時、弟に電話がかかってきました。弟の知り合いからの誘いだったのです。彼にドレーナーを発注した会社の課長が、駅のあたりの料理屋で飲んでいるが、一緒に一杯やらないか、と言ってきたのだそうです。相手は気軽なタイプだから、兄貴も参加しないか、と勧められました。しかし私は、もう多少酔っていたにしても、その気にはなれなかったのです。

――いいから、消えなよ。僕はここで、しばらく独酌でいくから、とふんぎりの悪い弟に、私は言いました。

――騒ぐのはご免かね。相手がいないとガランとしちまうぞ。

――かまわんよ、そんなこと。お得意さんを大事にしろ。

——どっちでもいいような奴だけどな。

そんなふうに言いながらも、弟はタクシーを呼んで、立ち去りました。

コンクリートとトタンと鉄骨でできている工場で、機械や道具も鉄ばかりですし、まわりは広い田圃でしたから、夜は寒々として静かでしたが、ウイスキーのおかげで、しじまに耳を澄ましてしまうようなこともなく、楽な気分でコップを口に運んでいました。体が緩んでしまい、だらしなくなっているのが、束の間の救いに感じられました。

私はガタつくソファーに身を委ねて、眠ってしまったのです。

夢で、モロッコかチュニジアあたりにいました。廃墟らしいけれど、生きものの臭いがこもっている路地に、うずくまっていました。その路地は長くまっすぐで、果てまで見通すことができるのです。やがて灰色の羊の大群が来ました。もどかしく近づいてきて、次から次へと、汚れた毛並が私を擦って行くのです。何の感じもなく、なまぬるい惰性でしかありませんでした。しかし、やがて、羊の行列のうしろに、飴色の牛の大群が続いているのが判った時にはドキッとしました。雄牛ばかりのようでした。痩せていて、たるんだ皮の下に動いている険しい骨が手にとるように判りました。路地は狭いうえに、群れはからみ合ったり、突きのけ合ったりして、逸《はや》っているようでした。しかも、羊の時にもそうでしたが、牛にも人間がつき添っていないのです。ゴタついている飴色の波の上に、一きわ大きな牛が頭を擡《もた》げるのが見えました。真っ黒な角が光りました。急いで逃げればどうにかなるのかもしれませんが、私は避難しようとしないのです。手足がしびれているから仕方がない、と思ったのです。

——喪失感か。こんなにされても、お前は腑抜けだ、と、解ったような解らないようなことを呟きました。

それにしても、助け手は現れたのです。角が大きな牛の鼻先に、男が横合いから走りこんできたのです。彼はその牛を私から隔てるようにして歩き、私の前で叱りつけました。そして私に笑顔を向けて、立ち止まりました。彼の背中には次々と牛がぶつかりましたが、彼は堰き止めて、ものともしませんでした。

彼は白い長衣を着ていて、とても牛飼いとは思えませんでした。しかも、本を三、四冊抱えているのです。廃墟を調べている考古学者か、と私は思いました。

——及川さん、今日は。休憩ですか、と彼は言いました。

——こんな所にしゃがんでいて、邪魔になるでしょうか。

——そんなことはありませんよ。

——………。

——気を落さないでください。あなたには言語世界があるんですから。

そう言い残して、彼は行ってしまいました。すぐに牛の行列は終り、私は、眼の前のいつまでも沈まない土埃の濁りを見るともなく見ていました。

そこで眼醒めました。部屋に人の気配がしたからです。その辺の木の床には砂がのっていて、足音がジャリつくのです。

木谷さんの細君でした。木谷夫婦は工場の一隅に住んでいましたが、事務所の端にいつまでも電灯がついているので、消し忘れたのかと思って、見に来たと言うのです。

――お疲れでしたでしょうに、起こしてしまって済みませんでした、と彼女は言いました。

――いいんだよ。こんなところで、うたた寝してたってしょうがない。

――もっと眠ってください。

――もう眠らないよ。眠れないよ。

木谷さんの細君はフト口を噤《つぐ》んだ感じになり、立ち去りました。なにか含みがあるように思えました。

静枝が木谷夫婦のところに来ていたのです。木谷さんの細君から事務所に私がいることを告げられて、彼女が遠慮っぽい様子でその部屋へ顔を出した時、私は胸を衝《つ》かれました。顔色がひどく悪かったからです。蛍光灯のせいもあって、死体を思わせる肌の色でした。

——どこか加減が悪いところはないんですか、と私は思わず訊いてしまいました。

——ありません。……どうしてですか。

——顔色がね、よくないもんですから。

——もともと顔色が冴えないんです。

——いつもより悪いようです。

——大丈夫です。

——………。

——元気です。少し疲れていますけれど……。

——………。

——わたしより、晃一さん、疲れているんじゃありませんか。

——ぼくは相変らずです。

——眠いんじゃあありませんか。

——もう醒めました。

——本当……。

——本当ですよ。ぼくはこの時間から眼がパッチリしてくるんです。ここ三年間は大体そうなっていますから。

――じゃあ、話していていいでしょうか。

――ええ。

――無断欠勤してしまって、済みませんでした。

――いいじゃないですか。僕にああこう言う資格はありませんしね。

――家へ来てくださったんですってね。

――十一日にね。駅前にいて、急に思い立って行きました。

――……………。

――会社で行くように言われたんじゃあありませんよ。

――お父さんは、会社から息子さんが調べに来たって言ってました。

――違いますよ。

――……………。

――金吾君に道案内してもらったんです。

――八十島さんだったんですか。お父さんは、遠慮っぽい若い衆がついて来たって言ってました。

――……浜北へ行ったんですって、と聞いたころには、まだ私は寝惚けていました。

さっきの夢の光景と、眼の前の様子には何の共通点もないのに、両者の境界がはっきりしませんでした。時間が、夢からここへ流れているように思えるのです。ですから、くすんだ顔色をした静枝も、いきなり異域へ姿を現わしたような雰囲気をただよわせているのです。

――はい。

――いつ帰ったんですか。

――今日です。夕方です。それで、やっぱり会社のことが気になったもんですから、みんながいなくなったころを見はからって、木谷さんのところへ来てみたんです。家でご飯食べて、すぐ来たんです。

――………。

――木谷さんに聞いてみて、様子を探ろうって思ったんです。わたし、木谷さんのおばさんと、とっても気が合うもんですから。

――………。

――木谷さんって、本当にいい人ですね。

――……それで旅は楽しかったですか。

――会社サボって……。悲しかったです。

――楽しむことはできなかったんですか。

――できませんでした。

――………。

――晃一さん。なぜ行ったかというと、お借りした原稿を読むためなんです。

――え、あれを読むために、一週間旅行したんですか。

――八日間ね。

私も一冊の本を抱えて五日の旅に出たことがありました。しかし、それは四百ページの一冊でした。静枝の言う原稿は、伊吹のが三十四枚、私のが三十一枚しかないのです。

――八日間ねえ……、と私は鸚鵡《おうむ》返しに言いました。

――ええ。……わたし、伊吹綱夫さんの原稿も、晃一さんのも、十回読んだんです。

――え。

――従姉の部屋でも読みましたけれど、車の中でも読みました。駅のホームのベンチでも、列車の中でも読みました。旅館でもね。他に、浜岡の砂丘とか天竜川の中の島とか……。原稿と一緒に歩いたんです。旅をしながら読みたかったものですから。

――………。

――………。

——批評してください。

——批評なんて、できません。

——感想を言ってください。

——…………言っていいですか。つまらないことですよ。笑わないでくださいね。

——伊吹綱夫さんの〈死の船〉ですけれど、恒子さんが、洗面器に月を浮かべて、じっと見るところがありますね。とてもいいな、って思ったものですから、天竜二俣の旅館でやってみたんです。澄んだお月夜でしたから……。河原へ下りて行って、やったんです。

——…………。

——旅館の洗面器を持って、河原へ行ったんです。

——…………。

——変でしょ。

——…………。

——旅館の人に、これから河原へ行くんですが、あのう、洗面器が必要なんです。貸してください、ってことわったもんですから、天竜の水で顔を洗うんですか、って笑われました。

——…………。

——笑われたって、かまわないって思って……。

——天竜川にも月は映るでしょう。

——映りますけど、瀬ですから、光の細波《さざなみ》になってしまうんです。

——なるほど。

——……恒子さんは、空のお月様を見ることができなかったんでしょうかしら、幽閉されていて。

——月を見ることはできたと思いますよ。夜はお風呂に入って、流し場のわきまで行くことが許されていたんですから。しかし、彼女は月を仰ぐよりも、月を見下ろすほうが好きなんです。

——そうなんでしょう。あれが恒子さんの好みなんですね。お月様よりお月様の影のほうが、恒子さんのあこがれだったんでしょう。いつも床《ゆか》とか地面を見ている人だった、って書いてありますけれど、そんな恒子さんでも、無理しなくても、水に浮かんだお月様を見ることができる、死者たちのいる影の国にもお月様は宿っている、ってことだったんでしょう。

——………。

——恒子さんには天国はないんですか。

——天国も地獄もないんでしょうね。

――あんなにひどくされても、穏かに暮らしていたんですものね。自分の故郷のような繭に籠っていたから、穏かだったんですね。

――静枝さんに読んでもらって、伊吹は喜ぶでしょう。伊吹に手紙を出します。

――こんな読者でいいんでしょうか。

――いいどころか、あいつ、感動しますよ。

――嘘。

そう言いながら、静枝は上気して、私の眼を掃くように眼を走らせました。その一瞬の眼の表情に私は惹かれ、動揺を隠そうとして、

――ウイスキー飲みませんか、と言いました。

――飲みません。

――少しだけどうですか。

――駄目です。

――注《つ》ぐだけ注ぎましょうか。

私が戸棚からコップを出して、彼女の前に置きますと、

――お水を頂きます、と彼女は言って、テーブルに置いてあった薬缶《やかん》から、そのコップに水

を注ぎ、コクンと音をさせて飲みました。

小さな固形物を呑みこむ感じでした。小川港《こがわ》の飲み屋でもこうだった、と私は思いました。

――お水、おいしいわ。

――…………。

――動き回ったもんですから。夕方家に着いて、ご飯たべて、すぐにここに来たもんですから。

――今朝はどこにいたんですか。

――浜北です。

――…………。

――藤枝まで、八十キロくらい走ったかしら。

――そんなにあるんですか。

――晃一さん、お借りした原稿をお返ししますね。

――今ですか。

――ええ、車の中にあるんです。車のポケットに入れたままで、まだ出してなかったんです。

静枝は部屋を出て行き、車から原稿を出して、持ってきました。そして、臆した仕草をしながら、ルーズ・リーフ用の横罫の紙も差し出しました。四、五枚重ねてあって、きれいな楷書で縦にペン書きしてありました。

――これね、恥ずかしいんですけど、走り書きしたんです。読んで頂けますか。

――………。

――晃一さんと伊吹さんの原稿について、つまらないことを書いてみたんです。

――え、ノートをとってくれたんですか。

――ノートですけれど、晃一さんに読んで頂こうと思って書いたんです。

静枝はテーブルに置かれた原稿を、ゆっくり繰りながら文字を追っていました。そして私は、彼女の感想文を手に取って、読みました。

〈死の船〉について。座敷牢に入れられてしまった恒子さんが、黙ったまま聞いていたのは、格子のついた窓の外で揺れている笹の音。それがたくさんの人の声で、耳を澄ましているうちに、その中に、亡くなったお父さん、お母さん、それから伯母さんの声が聞き分けられるんだろう。恒子さんは、肉を具えた人間たちを怖がって、いとわしく思ってしまったんじゃあないのかしら。影の世界に魅力を感じて、とうとう影の世界が本当の世界になってしまって、恒子さんはそこに生きるようになったんじゃあないのかしら。

次郎さんはスキーで走る。なだらかな長いスロープを降って行くと、盆地に焼け跡が見えてくる。次郎さんはきっと、恒子さんの奥ゆかしさは感じていたけれど、恒子さんとは誰だったろう、と考えていたんじゃないのか。屋敷の一部に、ボヤの焼け焦げができているだけなのに、あそこで、自分にとって、とり返しがつかないことが起ってしまった、もう終りだ、と思うんじゃあないのかしら。でも、結局は次郎さんが、恒子さんという謎について、わたしにヒントを与えてくれる。次郎さんが恋しなかったとすれば、恒子さんはこの世で人であったかどうかもはっきりしないのだから……。

〈雛菊の谷〉について。この父親は、奥さんが浮気していることをはじめて知って、うつけたように歩いている。すると向うから、九歳になる息子の兼吉が通信簿を持って駆けてくるのが見える。わたしはここがとても好きだ。アルコール中毒の父親は、少なくとも子供だけは自分のものだと思う。子供は父親に通信簿を押しつけるようにし、父親はそれを開く。成績はあまりよくなかったのに、彼は言う。やったなあ、兼吉、お前はいい子だ、父ちゃんはお前のような子供を持ってしあわせだ、と彼は顫え声で言う。

船の爆発で父親が亡くなってしまうとすぐに、兼吉さんも死のうとする。碇《いかり》を体に縛りつけて、伝馬から海へ跳びこむ。その時の、水の力って怖い。兼吉さんの目ん玉が丁度水面の高さで、目ん玉にさわって、厚いガラスの切り口のようなものが揺れていて、息ができない。それでも兼吉さんは思っている。自分は砂に揚げられた石持ちみたいだ、そんなふうにされた石持ちは、死ぬ前に涙を浮かべ、グッグッと泣いていたな。溺れる人にとっては、水は冷酷だ。水はとても硬くて……。港の青年が見ていて、これは危ないぞ、と思って駆けつける。兼吉さんは水を吐いてから戸板に乗せられ、大きな夕焼空を見ながら、家へ帰る。父ちゃんの遺骸のかたわらで眠って、夢で雛菊の谷を歩く。広い湖のような、真白な谷を……。

わたしは今思い出している。思い出そうとしなくたって、宙で原稿の文字を追っているみたいに、同じ出来事がもう一度起っているみたいに、兼吉さんの一秒一秒が感じられる。真白な谷……いつか見た眺めだな、と思う。わたしも夢とか想像の中で見たことのある風景なのか。兼吉さんがずっと歩いて行くと、お父さんとか死んだ家族が集っていて、お弁当かなにか食べているんじゃあないのかしら。それで、兼吉さんを呼ぶものだから、楽しそうだと思って、そっちへ行けば死んでしまう、我慢して引き返してくれば生きのびるとか……。

静枝の感想文はそこで終っていました。私は引き込まれて読み、余韻の中で考えました。静枝の言う通りかもしれない。自分もまた、瀕死の少年兼吉の夢を書こうとして、かつて聞いたことのある花野の言い伝えを、それと気づかずに、思い浮かべていたのかもしれない。しかし自分は、兼吉の死んだ身内が雛菊の谷で、一家団欒しているなどとは、この小説を書いていた時には、考えもしなかった。あの時には、雛菊の谷は死後の甘い世界のイメージではなく、無のイメージだった。九歳の兼吉が見たものは白い無だった。もし彼が自殺未遂のあと、生きのびるなら、その中をどこまでも歩いて行く自己の姿が、青年になっても中年になってもつきまとい続けるだろう、と思いはしたが……。

——わたし、晃一さんに会って聞いてみよう、って思ったんです。あのまま兼吉さんは亡くなるんですか。と静枝は言いました。

——死ぬとも生きるとも、決めていませんでした。

——………。

——東京の下宿の近くに、毎年雛菊がたくさん咲いたんです。長期間咲いていますから、眼に馴れてしまいました。それで、小説に書き入れてみたんです。

——雛菊の谷に意味はないんでしょうか。

——書きながら頭にあったのは、実際の雛菊だけです。

——溺れる、ってことは……。

——意味ですか。それは意味がありますね。偶然じゃなくて、自殺ですから。

――でもはっきり自覚しているんじゃあないんですね。

――そうです。兼吉はなんとなくこの世から消えたかったんです。

――………。

――ところが、大変なことになる。思い描いた死と実際の死は違っていたことに気づく。

――溺れる苦しみってことですね。

――そうです。

――わたし、晃一さんは、自分もきっと溺れかけた経験があるんだ、って思ったんですけれど。

――あったんです、乙女が丘で。浜から四、五百メートルのところでした。明け方で、雨が降っていました。

――一人でいたんですか。

――ええ、一人で泳いでいました。……波間に舟が見えたり隠れたりしたもんですから、体に力が湧いて、呼んだんです。

――………。

――死にそうでいながら、心はめまぐるしく働くんです。案外まわりのものを見ているんです。

——小説って、そういうふうに、経験をもとにして書くんでしょうね。

——どういうふうに書いても、いいんでしょうけど……。

——わたしも溺れかけたことがあります。

——へえ……、海で……。

——海というよりも波打ちぎわなんです。自分は溺れるかもしれない、って思いこんだんでしょう、きっと。

——どこで……。

——地頭方です。まわりに大勢人がいたんですよ。日曜日の真っ昼間なんですもの。

——波打ちぎわで溺死することだってあります。

——兼吉さんが溺れるからってこともあって、この話はとてもなつかしかったんです。

——僕の話は駿河湾西岸のことなんですから。

——そうですね。陽炎《かげろう》の中でゆらいでいる鰹船が爆発を起こすところなんか……。いかにもこの辺の港ですね。

——……。

——爆発を見たことはありませんけれど……。

——あれは実際にあったことなんですよ。

――殺虫剤が火薬なんですか。

――そうなんです。二硫化炭素なんですけどね。船内のダニがしつこいもんですから、こういうキツい薬を使わないと、殺せないんだそうです。引火しやすい薬で、置き場所によっては、太陽の熱で発火点に達してしまうこともあるんですって。

――小説書くにはそういうことも調べるんですね。

――本で読んだだけなんです。しかし、この辺の浜で、二回かな、あったことなんです。

――…………。

――ありがとうございました。よく読んでくれて。

――…………。

――雑な読み方でしょ。感想もへたで、ごめんなさい。

――貴重な感想ですよ。

――そんな……。晃一さん、持っていてくださる、それ。

――ありがとう。

私は静枝の感想文と原稿を重ねて折り、上着の内ポケットに刺しました。そうしながら、

――静枝さん、あなたは小川港の飲み屋で、僕に〈小説を書くのをおやめになったら〉って言ったんですが、覚えていますか、と訊きました。

――覚えています。

――あれには、僕は、考えさせられたんです。

――そうなんですか。ごめんなさい。変なことを言ってしまって。

――…………。

静枝は、まるで問い詰められているかのように、切羽つまった眼をして、しばらく黙っていました。その眼はうつろで、微かに揺れていました。真剣に答えを探している、と私は感じました。

――本当にそう思ったんです。

――…………。

――あのお店で話していて、急に、気持ちが滅茶滅茶になったんです、と彼女は意を決したように、ちょっと頸筋を顫《ふる》わせて言いました。

――率直に言ってください。僕はあなたを傷つけているんでしょうか。

これは正に問い詰めているような口調だ、と私は意識しました。

――違います、と彼女は甲高い声で言いました。

――…………。

――あなたがとても苦しそうだったものですから……。あの時、晃一さん、まるで崖をよじ登っているようだ、このままでは、どうかなってしまう、って思ったものですから。

——無理な姿勢をしていますね、僕は。病的な……。

——病的……、そんなふうに言わないでください。

——墓場から出てきたみたいな、と私はおどけて見せようとしました。

——なぜそんなふうに言うんですか。

——ふざけているんですが……。

——忘れてください。もうあんなことは言いませんから……。あの時は、ハンドバッグの中の原稿が重い気がしました。きっと、とても難しい、読んでいて途方にくれ、悲しくなるような原稿だろうな、って思いました。それで、そんなことを考えてしまい、前後がわからなくなって、あんなふうに言ってしまったんです。

——………。

——ごめんなさい。わたし気まぐれなんです。……あとで原稿を読みましたら、解りました。小説書いてくださいね。お願いです。

聞きながら、私は、妙に強情な自分を感じました。静枝に〈小説を書いてください〉と強いて言わせたように、その小さな果実のような言葉を、彼女から捥《も》ぎ取ったように感じました。

——見たところ、僕は異様ですか。

——異様……。またそんなふうに……。本当言って、最初にお会いした時には驚きました。こういう顔のかたには、今まで会ったことがないって思ってしまったんです。でも、もう解りました。人間の眼ってそうじゃありませんか。最初は驚いても、いつしかそれが当り前になってくるでしょう。

やがて静枝は、今夜はもう帰らなければならない、親戚の者が家へ来ているし、勝手な長旅の直後だから、おとなしくしなければならない、と言いました。

きっと私の未練心が判ったのでしょう。静枝は先を越して、近く会ってほしい、と切り出しました。私たちはその翌々日、五時半に駅前で会う約束をしました。

そのむさ苦しい部屋の灯りを消し、木谷夫妻にあとを頼んで、門の外へ出ると、月光が漲《みなぎ》っていました。そこは広いコンクリートのたたきで、高い鉄の戸も薄い灰色に塗ってあったので、特に青白く、明るかったのです。彼女の車のほうへ歩いて行くと、インクをこぼしたような影が動きました。ここに二人の孤児がいる、と私は感じました。静枝の感想文の影響が気持ちにあって、そんなふうに思ったのです。しかし、すぐに私は苦笑しながら、これは三輪静枝に対する押しつけだ、孤児はやはり俺だけだ、と呟きました。

静枝が家の門まで送ってくれ、その車が去ると、私は玄関へ飛び石伝いに歩きながら、今夜彼女が私を力づけてくれたことを感じました。私の胸は晴れ、行く手に微光が射した思いでした。それにしても、小説を書くのをやめたらどうかという声は、私自身の声となって、囁き続けているようでした。

体臭

翌々日の五時半、貨物専用のホームに近い一隅に、静枝のスバルは止めてありました。近づいてみると、座席に彼女がいないのが判りましたので、私は車のかたわらで待っていました。やがて、彼女が駅の建物から出てくるのを見て、私は胸を衝《つ》かれたのです。やはり、顔色がひどく悪かったからです。先夜は、肌を死体のそれのように見せる螢光灯のせいかと疑う余地もあったのですが、ここにはまだ昼の光も残っていました。その時かたわらを集《つど》って過ぎて行った娘たちが生ぐさいほど血と肉を感じさせたのに較べると、静枝は妖精じみて見えました。一瞬私は、これは彼女の精神性だと、心に呟きましたが、思えば、いい加減な、主観的な呟きでした。いかにも腺病質な彼女を見て、私は欲望を抱いたのです。

――すみません。電話をかけていたものですから、と彼女は言いました。

――僕は今来たばかりですよ。

——どこかへ行きましょうか。

——今日も海の方角へ走りましょうか、と私は何となく言ったのですが、言いながら、小川《こがわ》港のことに追い打ちをかけている感じにならないか、と心配しました。

しかし、静枝は屈託のない口調で、

——また小川港でしょうか、と訊《き》き返しました。

——大崩《おおくずれ》へ行きませんか。

私は、何気なくそう言ったのです。しかし、月夜の断崖に懸かったその道は、すっかり私の気持ちを捉えてしまったのです。重苦しい自己意識もかなり遠退いて、私は半ば別人になったかのようでした。心の足取りが危なっかしくふらついていました。私は無責任、放胆になって、行けるところまで行くがいいさ、などと心に呟きながら、旋《まわ》っている光景を眺め続けていました。眼が広い外界の虜になり、やがて体がそこに引きこまれてしまうのです。

車が焼津の低い家並みを抜けると、松の影の向うに、銀色の海がありました。その輝きは断崖の襞《ひだ》の闇にまで、刃物のように鋭く切れこんでいるのです。やがて車が浜と別れて登りにかかりますと、眼の下に、騒いでいる波が見えました。真っ黒な岩の間を流れたり、もつれ合ったりしている、白い生きものたちのようでした。

短いトンネルが終ったあたりで、澄みきった視界が展《ひら》けました。雲のない大空に在るものは、満月だけでした。そして、遙か下に、光のコケラをちりばめて、湖水さながらに駿河湾があるのです。富士山も見えましたし、水平線には伊豆半島の山も見えましたから、そんな感じがしたのです。烏賊《いか》漁か蝦《えび》漁なのか、赤っぽい灯の群れも明滅していましたが、消え入りそうで、発光する黴《かび》のようでした。

私は、こんな大崩を見たことがあったろうか、と考えてみました。あったとは思えませんでした。月夜の海でありありと覚えているのは、欧州航路の船の甲板から見たインド洋です。あの時には、光は私にも降りそそぎ、体の芯《しん》にまで染《し》みこんでいました。そして、その体にエンジンの響きが伝っていましたし、波がキラめきながら、次から次へと目の前に押し寄せていたのです。

小浜《おばま》の集落へ下りる坂は、急勾配でした。車がのめりこんで行くように感じられるほどでした。松のまだらな影をくぐりながら、何回かカーブを切るのです。月光のとどかない所もあって、ヘッドライトだけが険しい崖を擦《こす》ったりしました。そのわずかな行程で、私は身内に肉欲が動くのを感じました。油断につけこまれたようでもありました。

それまで、十分間ほどにしろ、澄みきった月の光にすっかり心を奪われていた反動か、肉欲が余計暗い濁りとして感じられました。とりとめなく広がる炎症の中心に、疼《うず》きがあるのです。

静枝は海の間近まで車を出しました。コンクリートで固めた簡単な舟着き場があって、車に乗ったままでそこまで行けるのです。月光がとどいていて、明るい小突堤でした。まわりにはきらめく海が、音もなくたゆたっています。

——その辺を観察してきます。待っていてください、と私は言って、車から出ました。

静枝は怪訝《けげん》に思ったでしょう。そう感じながらも、私は、うしろを振り返らないで、浜のはずれの岩の壁を目ざして歩いたのです。そこで行きどまりのように思えました。しかし、近くまで行くと、小径《こみち》が岩に刻まれているのが見えました。海にせり出したその小径をたどってみました。そして、岩の突端を回りきると、裏側が深くえぐれていて、潮が流れこんでいたのです。

海は静かですが、岩の喉《のど》を通り抜けてくる潮は波立って、眼の下に白い泡が這いまわり、噛み合っているのが見分けられました。しかも、その始めもなく終わりもない潮騒《しおさい》が、耳をしびれさせるのです。

——あんなの、ものにしちまうんだぜ。

——どんどんやっちまって、捨てればいいんだ。

——お前、頑張れよ。

夢の中で会ったことのある男が眼に浮かびました。そして私は、そんな言い分を馬鹿にしつつも、案外真顔で、彼にあこがれていたのです。あの男は、私の羨望が作りあげた、鬼子のような虚像なのでしょう。

この時、私は妙な望みを抱きました。できたら一晩中この潮騒に聞き入っていたいと思ったのです。そこにたとえどんな人間の声が入り交じってきたとしても、好ましい。それは、自然の音と人間の声の混血児のようなものだから、適当に無責任で、いやらしいこともないし……。

私は静枝のほうに引き返して行きました。すると、屏風のような岩に彫った小径がU字に回るところで、向こうから来る彼女に出会いました。

顔色が悪いな、と私は思いました。しかし、彼女の瞼や唇の線は冴えた木彫のようでした。時に打ちのめされた感じになる彼女でしたが、この時には、月の光で潤って、無邪気にはしゃいでいる感じでした。反射的に私は、不恰好な自分の姿を意識し、身内に飼っている欲望を疚《やま》しく思ったのです。

——海を見ていたんですか、と彼女は訊きました。

——ええ、波を見ていたんです。岩の間で暴れている……。

——そっちに、そんなところがあるんですか、と彼女は、小径の行く手に眼をやりました。

——あるんです。見ますか、と言って、私は今来た径を少し引き返しました。

その小径では、すれ違うことができなかったからです。彼女は私についてきて、闇の中に沸き立つ白い渦を覗《のぞ》き見ていましたが、その真上までは行こうとはしませんでした。

——戻りますか、と私が言いますと、彼女は頷いて、二人でまた岩の壁の突端へ出たのです。船の舳先を思わせるところで、正面の空に、月が静まりかえっていました。そして私たちから少し離れて、海から立ちあがったミイラとでもいった恰好の岩が、逆光の中に黒々と聳《そび》えていました。

静枝は顎《あご》をあげて、遠くを見ていましたが、

——ここへ坐りませんか、と言いました。

彼女の言い方も、それから身のこなしも、普段より歯切れよくなっていたのです。

——怖くありませんか、と私は言いました。

——いいえ。

彼女は一旦しゃがみ、やがて脚を伸ばして小径に腰かけました。海面まで、四、五メートルあるでしょうか。

——危ないですよ。

——危ないかしら。

——泳げますか。

――泳げません。波打ちぎわで溺れそうになったくらいですから。

――………。

――いいわ、死んだって、転げて。

彼女の気持ちは奔放になっていたのでしょうか……。勢いづいて喋りはしませんでした。いつもの通りに、小さな声で、少しもアクセントをつけない言い方をしました。はずみで口をついて出たに違いないその言葉は、何か裏打ちがある感じで、ひそかに私を脅かすようでした。少し経《た》ってから、私は、彼女の母親を思い浮かべました。そして、母親が眉をひそめて心配していたことは、やはり本当だったのか……、と考えたりしました。

海面の柔らかな輝きの中に、鼻先にそそり立つ瘠せた岩にだけ濃い影がありました。頂のあたりに鵜《う》がとまっているのが判ってきました。間をおいて翼を動かす時、この鳥の特徴がはっきりするのです。

――あれ鵜でしょ。

――そうです。真っ黒だから、岩の縁が動いているようですね。

――こういうところにばかりいるのかしら。

――人に馴れない鳥なんですね。もっとも、生け捕りにして、飼い馴らす人もいますが。

――摑《つか》まえるんですか。どうして摑まえるんでしょう。

――さあ……。

――……。

――でも、鵜としては険しい海岸に住んでいたいんでしょうがね。

――……。

――こういうところが鵜の故郷なんです。いいな。

――いいって……。

――自分の故郷にいるから、いいんです。

――……。

――飼われている鵜は、醜くなってしまって、気の毒です。

私たちはしばらく鵜の動きを見守っていました。しかし、待っていても、間遠にしか動かないのです。きりがない気がしましたので、立ちあがった時には、体がかなり冷えていました。

私は惹かれて見つめていましたから、それでいいとして、静枝はどんな気持ちだったのだろう、と気にかかりました。

――冷えたでしょう。洋服が湿けましたね、と私は言いました。

――そうでもありません。平気です。

車に入ると、ホッとしました。粗《あら》く塩気のある空気の中にいた時より、静枝の体が身近に感じられました。私はまだ、彼女と別れたくありませんでした。すると彼女も、私の気持ちを汲んだかのように、車をそのままにしておいて、モーターを掛けませんでした。二人は見るともなく、どこまでも明るい海に眼をやって、黙りこくっていました。やがて、彼女はハンドルにもたれたままで、いつもより低い声で言いました。

――晃一さん、わたしってあなたに、好きな方がいるんでしょうか、って聞きましたね、小《こ》川《がわ》港で。

――ええ。

――どう思いましたか。

――………。

――ごめんなさいね。こんなこと、また言いだして。

――真剣に尋ねているな、って思いました。僕に関心を持ってくれたのか、って……、と私は言いました。

――わたしね、不安だったんです。突然でしたけど、居ても立ってもいられない気がしたんです。

――聞かないでいると……。

——ええ。

——本当言って、東京にもどこにも、目下そんな人はいません。

静枝は両手をハンドルから滑り落として、私に身を寄せました。控えめな口調とはうらはらに、その動作には大胆な感じがありました。体だけが勝手に動いてしまったかのようでした。

彼女は、私に斜めに背を向けて、自分の膝のあたりに眼をやっていました。私は、自分の鼻先にある彼女の肩を見下ろしていました。彼女の髪の匂いと、体臭が判りました。この当然のことが、一瞬意外に感じられたのです。彼女には体臭などない、と私は思いこんでいたからでしょうか。考えてみれば、彼女は化粧品の匂いをさせたことは一度もありませんでしたし、車の中も清潔に掃除してはありましたが、座席に香りはついていませんでした。

静枝は私を見ないで、独語《ひとりごと》のように言いました。

——わたしにはそんな質問する資格はないんです。

——資格……。そんなことならよく訊くじゃあないですか。

——でも、わたしには、不安になったりする資格はありません。

——静枝さん、資格がないって言うのは、あなたが婚約しているから、って意味ですか。

彼女は振り向いて、私を見上げました。私には、彼女の瞳が引き締って、青みがかった白眼にくっきり縁取られているのが判りました。その眼は私の眼に据えられていて、しばらく小ゆるぎもしませんでした。

――そうです、と彼女は言いました。

なんでもないことを言うような口調が、私の眼から離れない彼女の眼とチグハグでした。

――僕はお母さんから聞いたんです。

――婚約しているってこと、晃一さんに言おうと思っていたんですが……。

――………。

――キッカケがなかったんです。

溜息をついて、彼女は私からそのアーモンド型の眼をそらし、元の通りにハンドルに両手をのせ、フロントガラスの向うの明るく柔らかな海を見ていて、

――婚約、解消してもらったっていいんです、と呟きました。

ここ数日続いている心の揺れを思い出していました。静枝の婚約を知らされて、うろたえ、そのことがキッカケとなって、自分とは何かと考え続けたのです。気持ちが暴走したというべきでしょう。その間見えてきたのは、私が自分の頭の中に施《ほどこ》した、現実の目的を持たない、無秩序な工事です。それがまだ可能性を孕んでいる財産のようにも、徒労のあげくに残った廃鉱のようにも見えてくるのです。

私の行動は現実的目的を持たないし、原稿の執筆もそうでした。私は社会通念を否定してい

るのです。私は、世間に通るような小説家になろうとしていません。私には、きっと将来はないのです。ひとは、ひねくれている、と言うだけでしょう。こんな男に関わる者は不幸になるに定まっています。

――僕のために考えてくれるんですか、そんなふうに、と私は静枝に訊きました。

――はい。

――僕のためだったら、そんなふうに考えないでください。

――婚約を、ただ取り消すだけにしても、いけませんか。

――…………。

――晃一さん、待っていてはいけませんか。

――駄目です。

――…………。

――僕を待っていたって無意味です。僕には結婚てなじめない言葉です。僕は生活できない人間なんです。人並みに日々生きて行くことに、意味が感じられないんです。

――どうしてですか。生きているんでしょ。

――辛うじてね。

――…………。

――人並み以下に甘んじて、生きていますが……。人並みに生きることの意味が全然解りません。

――……。

――驚いているんですか。

――解らないわ。

私の言葉が舌足らずでしたので、静枝はちょっと考えていて、続けました。

――わたし、文学が本当に解らないからかしら……、と彼女は、気張った時の癖で、微かに頸筋を顫《ふる》わせ、髪を揺らしました。

彼女がひるんでいるのが判りました。語尾を飲んでしまうような言い方になるのです。

――文学なんて解ったって、解らなくたっていいんです。

――……。

――しかし、静枝さんは文学が解る人です。一昨日会社で僕が、感謝するって言ったのも、伊吹が感動するでしょうって言ったのも、僕の本当の気持ちです。

――……。

――あなたに感想文を書いてもらって、本当によかった。ありがとう。

――本当によかったのは、わたしです。晃一さんの小説を読んで、これならわたしにも解るって気がしたものですから、嬉しかったんです。どういうことだって、解ったって思えるのは嬉しいことね。それまではあなたって迷路みたいで、怖かったわ。不安でした。だから〈雛菊の谷〉は救いでした。

——救い……。

——そうよ、救いよ。あの原稿を読んだから、晃一さんって人が見えてきたんですもの。……それで、婚約のことも考え直そうって思ったんです。

——婚約は婚約です。大事に考えてください。あなたは普通の生き方をする人なんですから。

——普通の……。そうね、わたしって普通の人間ね。

——僕は羨んで言っているんです。

——…………。

——本当言うと、僕は、あなたの婚約を知ってから、随分考えたんです。ここ数日間は、考えて、苦しかったんです、と私は口走りました。

彼女は体を硬くして私の眼を見ました。不審気な眼でした。しかし、私はその眼に馴れてきたのでしょうか、見られているという感じはそれほどなく、ほとんど意識しないで、彼女のすっきりした形の眼を見返していました。

——僕はね、静枝さんのことを考えながら、画家のゴッホのことを思い浮かべたんです。

〈この汚い絵の仕事より、結婚のほうがどんなにいいか〉という言葉が、僕の頭に巣喰っていたんですね、それをまた呼び出してしまったんです。

――……。

――絵の仕事と結婚が秤《はかり》の両側にのってるんです。

――なぜ秤にのるんでしょう。結婚して絵を描くこともできます。

――しかし結婚するには準備が要ります。僕には稼ぎがない。それに、僕は、世間に対して、コンプレックスを抱いています。

――……。

――コンプレックスを抱いているから、〈雛菊の谷〉のような仕事もやるんです。しかしそうした自分の在り方を呪わなければならない。

――わたしには解りません、と静枝は口の中で言いました。

彼女が何か呟いたのを、私が、そう言ったと想像したようにも思えました。

彼女は萎《しお》れていましたが、その体に神経が張りつめているのも感じられたのです。私は、ぎごちないと思いながら、ハンドルにのせた彼女の手に、自分の右手を、叩くようにして、かぶせました。

すると静枝は私の手を摑《つか》み、私は、彼女の細い指に力がこもっているのにハッとしました。

ていました。

蛇が獲物をとる時の反応を思わせました。彼女はこっちを向き、私の手をたくしこむようにしめているのに、把《とら》えきれないものがあるかのように、その眼の中には絶えず微かな光が揺れていました。そして私の眼は、そんな動きを克明に拾っていて、あるものだけでなく無いものまで見ていたに違いありません。

その小鼻や口には月光が射していましたが、眼は影の中にあったのです。しっかり私を見つ

私たちは身を寄せ、長い間抱き合っていました。私の感覚は、彼女の華奢な骨組みや、体温や体臭の変化を、眼がそうだったように、克明に拾っていました。その間私は、体同士はこんなに合っているのに……、と繰り返し心の中で呟いていたのです。

――引き揚げましょう、と私は言って、彼女の両肩を押しました。

彼女は離れて、両手で髪をかきあげ、うしろに束《つか》ねるようにして保ったまま、しばらく海に眼をやっていて、気を取り直したように、車のエンジンをかけました。それから、私たちは、つづら折りの大崩の道を行き、焼津港のまばらな灯の中へ降りて行ったのです。彼女は何も言いませんでした。焼津を過ぎてからも黙っていました。私は時々彼女のほうを見ましたが、彼女は前方を見ているだけでした。運転に専念しているのか、思いに耽《ふけ》っているのか、一種虚脱状態に陥っているのか……、と私は疑ったのですが、口を切りはしませんでした。沈黙の雰囲

気が醸《かも》されてしまった感じでしたから。

私の住まいが近くなったので、

――明日から小説にかかります、と私はそう決意しようと思って、口に出しました。

――徹夜して……。

――馴れています、徹夜は。

――無理しないでください。

――大丈夫です。……また原稿を読んで、感想を聞かせてくれますか。

――あんな勝手なことを言っていいんですか。一生懸命読みますけれど……。

車が止まり、私は外へ出て、歩道の側へ回りました。静枝はそっちへ身を寄せて、窓から私を見ていました。見返すと、彼女の眼の中にあの光があるのが判りました。息づかいと連動しているように、たえず動いている光です。

――晃一さん、と彼女が言い、もどかしそうに体をゆすったように見えました。

眼と眼の間にからみつく紐がある、と私は感じ、この際、それを断ち切ってしまわなければならないと思ったのです。

――原稿また読んでください。

――いつ見せてくださるの。

——新しい原稿、書きあげたら知らせます。

——古いのも見せてください。

——推敲《すいこう》中のは、出来あがったら見せます。

——いつ……。

——少し待ってください。

——そうね、いつなんて言えませんものね。

——………。

——お電話していいかしら、また。

——してください。夜なら、何時でも起きていますから。

——晃一さん、ちょっと聞いてくださる、と彼女は小さな声で言うと、車から降りてきました。

しかし、自分から言い出したのに、ためらって、

——どうしても言っておきたいの。でも、こんなこと言っていいかしら、と続けました。

——なんですか。

——あの、晃一さんがね、さっき結婚って言葉になじめないって言ったのは、本当に好きな方がまだ現れないってことじゃあないかしら。

――そうかな。それで……。

――それだけよ。

言い終ると静枝は、まるで逃げるように素早くまた運転席に入りました。

私は静枝が運転にとりかかる時の、一種まじめな横顔を眺めていました。彼女はもう一度こっちを見て、無理に笑顔をこしらえました。

幻覚

車が行ってしまうと、私はすぐ前にある住まいには入らないで、通りを歩き始めました。気持ちのやり場がなかったのです。しかし、十時を回ったばかりだというのに、町は寝静まったかのようで、私は自分のむさ苦しい姿と影を意識してしまったのです。時たま行き過ぎる人も、複数で会話をしていれば、何を言っているか聞き取れるほどでした。

——墓場へ行ったほうがマシだな、と私は無頼漢ぶって、自分に言いました。

勢いをつけるために、まだ起きている酒屋を見つけて、四合壜を買い、町の裏側の丘を目ざしました。枝道へ入って、お寺の門をくぐり、まばらな墓石の間を行き、常緑樹の葉のトンネルをくぐると、南の平野に向かって眺めが開ける一隅があるのです。

月の光が溢れていました。流れる形に傾斜した岩盤の割れ目から、太い松の根が盛りあがって、あたりを這っていました。私はその股に体を嵌《は》めて、四合壜からラッパ飲みしたのです。

しばらくは、何も考えないで、見るともなく眼をさまよわせていました。眼だけになっていたのです。茶畑のあちこちに突き出ていて、歯のように見える墓石を見ていた時、月光が劇《はげ》しく降っているように——その音がないのが不思議なことのように感じました。

——まああの指定席だ、と呟いて、立てつづけに冷酒を飲みました。

心も体も据わりがよくなってきました。そして、私のそんな雰囲気を察したかのように、例の男がやってきました。空港の夢で出会った男です。その顔がありありと見えたので、しつっこいな、お前さんは、と私は呟きました。

彼は笑みを含んで、私のすぐ近くを、まるでローラースケートに乗っているかのように、体を揺らさないで掠め、次の瞬間には、私の眼の下の茶畑のまん中に、両足を開き気味にして立っていたのです。依然笑みを含んでいたのですが、皮肉な感じではありませんでした。彼には単純な人なつっこさしかないように、私は受け取っていたのです。

彼は黙ってこっちを見守っていて、私だけが呟いていました。

——君は、遊ぶだけでいい、って言ったな。手引きをしてやろうか、とでも言うのかい。他の娘なら、僕も君の言う通りにやってみるかもしれないが、しかし、あの娘は駄目だ。あの娘だけは。

——なぜだい。

——駄目だよ。とにかく駄目だ。僕は怖いんだ。

——やってみたらどうかなあ。スッキリするぜ。罰は当らないぜ。

——あの娘の生き方だってゴタつかせたくないんだ。あの娘は婚約したんだ。

——婚約ね。婚約している娘か、余計刺激的じゃあないか。

——…………。

——黙っているな。あの娘のどこが犯しがたいんだ。

私の意識は朦朧《もうろう》としていました。男は像のように見えたのではなくて、切り紙細工のように見えたのです。見えたと思うと、消えている、といった具合でした。その辺できっと、私は眠ってしまったに違いありません。私の独語《ひとりごと》の後半は夢の中で、だんだんムキになって続いていたのでしょう。

——言っては悪いが、君は破廉恥漢だ。

どこからも何の反応もありませんでしたから、私は独演しました。

——ははは、似たもんか、こっちも。

私の気持ちは、なぜか一気に明るくなり、なにもかも笑い飛ばすつもりでそう言ったのですが、しかし、意外なことに、とてもいやな気分を味わいました。

私はニヤッと笑いながら、眼醒めたのです。自分の顔が見えた気がしました。そして、硫黄のガスを嗅いだような後味を、しばらく追い払うことができませんでした。

もう酔ってはいませんでした。酒は妙なところに入ってしまい、毒素に変わった感じでした。胃が重苦しく、頭も痛かったのです。帰宅しなければいけない、と考えてはいましたが、動き出す気になれなかったのです。月はますます明るく、私の心の中を冷たく暴露《ばくろ》しているようでした。

このまま狂気につながるのではないか、と疑い始め、不安にとり憑《つ》かれました。私は世の人がどれだけ苦労して働いているのか、実感を持っていません。それにしても、私も私なりに働いてきました。成果はゼロに等しいにしても、気持ちだけはいつも馬車馬のようだったのです。もう身内に大してエネルギーが残っていないのではないか、と私は疑いました。

私が心の中に施工した〈工事〉は、半ばしかできあがっていないし、結局は未完成に終わるにしても、行動とそれにまつわる直観にもとづいていました。しかし、だからといって、空しい妄念の蜃気楼でないといえるでしょうか。私は自分に目隠ししているのかもしれません。そのうちに、索然として、及川晃一という名の瓦礫の散らばりを眺めることになるのかもしれません。ここで持ちこたえたとしても、幻滅の日を先送りするだけではないか、人格の崩壊は間近にあるのではないか、と思えました。

それから、私は病気の観念におびやかされました。分裂症とか妄想形成とかいう医学用語が頭を掠め、そうしたラベルを精神科医が自分に貼ってしまう日が来そうな気がしました。不安を振り払おうとして、松の根の股から立ちあがり、住まいに向かって歩きました。頭に鉄の輪を嵌《は》めているようで、月の光に照らされるのが辛《つら》く、木蔭の闇にまぎれると、わずかにホッとするのでした。

家へは裏口から入りました。庭を回って玄関へ行くと、その脇の部屋から杉崎たみが出てきました。まだ着がえしていないのです。うたた寝しながら私を待っていたのでしょう。

——寝てくれ、たみさん、と私は土間の壁に肩先でよりかかりながら言いました。

——お上がりなさいましよ、とたみさんは私を、足もとから頭へかけて見上げながら言いました。

——僕は気まぐれ男だ。藤枝の裏道を隠れて這い回っているゴキブリだ。

——いやですよ、旦那さん。お酒を飲みましたでしょう。ご飯ですか、お茶にしますか。

——お茶漬けを一膳注文してもいいかな、と私は、玄関の板の間にあがりながら言いました。

そして、たみさんの部屋へ入りこんで、彼女が台所でお茶漬けを用意するのを待ったのです。鰹節をかく冴えた鉋の音が聞こえたと思ったら、彼女は、その上等の鰹節に梅干しをそえて飯《めし》を運んできて、熱く濃い番茶をその上に注《そそ》ぎました。

――これからは自分でするからな、と私は言いました。

――自分でしなくたって、いいじゃありませんか、こんなことを。

――僕は遅くなるからさ。

――いいですに、遅くなったって、起きて、わたしがやりますで。

――………。

――まかないの役目ですで。

――僕は明け方に帰ってきたりするよ。たみさん、いいから、寝たい時にどんどん寝てくれ。表門と玄関は閉めてしまってな。裏門と僕の部屋の前の雨戸だけ開くようにしておいてくれ。僕は忍びこむから、泥棒みたいに。

――もしわたしが寝ちまいましたら、旦那さん、裏門からお願いします。玄関は戸を叩いてくださいまし。

――いや、忍びこむ。しかし、本当の泥棒が来ちまうと困るな。

私がお茶漬けを啜《すす》り終わるのを待っていたかのように、

――もっと食べますですか、と杉崎たみは訊きました。

――もういいよ。お茶を頼む。

――小食ですの。何か食べてきましたですか、とたみさんは茶碗にお茶を注《つ》いでいました。

——食べるのを忘れていたんだ。友達といろいろ話があったもんだから。

——お友達と……。

——たみさん、いつか祭典係《けい》で会っただろう、あの人だよ。

——あの娘さんでしたですか。髪の毛をまっすぐに垂らした……。

——及川製作所の事務員だよ。

——そう言ってましたですの。

——たみさん、もっと聞きたいかい、彼女のことを。

——彼女……。あの人は旦那さんの彼女ですか。

——そういう意味じゃあない。

——そういうことに口出しするもんじゃありませんですの。わたしはただの奉公人ですで、とたみさんは心持ち顔を引きしめましたが、一方で、私の態度を探《さぐ》っているようでもありました。

——見でがある娘さんでしたの、と彼女はポツリとつけ足しました。

——見でがある……。

——見でがあるっていうのは、一目では見きれないってことですに。

そう言われればそうだ、と私は思いました。静枝が見でのある娘、というのはピンと来ませんでしたが、言葉自体の説明に、たみさんはどうして頭のいいところを見せたのです。

——ところでな、たみさん。僕が夜遅く、泥棒みたいに忍びこむのはとんだ迷惑かい、と私は話を変えました。

——そんなことはありませんです。

——本当の泥棒が入っても、区別がつかないな。

——この辺には、そんなものはいませんです。わたしも七十年間、泥棒に入られたことがなかったくらいですで。

——たみさんは泥棒除けだろう。

——いやですよ、旦那さん。外からは泥棒が来ませんでしたがの、家の中に泥棒を飼っていましたです。

——ふーん。

——わたしの養子が十七、八のころに、泥棒だっけです。あのヤンもいっとき薬《やく》をやってたもんですで、顫《ふる》えちゃあ、わたしらの財布を探ったり、戸棚の引き出しをかき回したりしましたですに。

——大阪にいる人だね。

——手紙もよこしませんですが……。

——……………。

——お前、ひと様のものに手をつけるようになったらどうする、って言ってとっちめたですが、青い顔をして、俺も自分で自分がおっかなくなってきた、と言っていましたです。

杉崎たみの言うことは、おかしみがあるというだけでは済まされません。哀しみと怒りも含まれているのが感じられます。それにしても私は、たみさんと話しこむと、きまって気分が上向きになるのです。

私は牛乳を一壜もらって、(いつも四、五本買っておくようにたみさんに頼んであったのです)自分の部屋へ行きました。それを口に含んで、籐椅子に坐り、ぼんやりしていますと、彼女の語り口がよみがえってきて、思わずひとり笑いしてしまいました。

頭痛もいくらか遠ざかり、そのまま治って行きそうに思えました。しかし思いが静枝のことに這い寄って行くと、突然、彼女と会いたくて、いても立ってもいられなくなりました。息を弾ませて彼女の家に忍びこんで行く、猫背の、暗い自分の肩が眼に浮かぶ気さえしたのです。

すぐにも新しい小説に取りかかろう、と決意しました。決意しようとあがいたというのが本当のところですが……。ひとはどんな具合に小説を書くものか、私は知りませんが、自分のことなら大よそのみ込んでいるつもりです。そして、私の場合、ほとんど例外なく、一旦書き出したら、気持ちが集中できるのです。書いている間、私は、苦しいような楽しいような時間の中にいることができます。あそこへ行こう、それだけが、自分を分裂させているこの状態から逃れる道なのだし……、と私は考え、静枝のことで逸《はや》る気持ちをかなり落ちつかせることができました。やがて寝床に横になって、構想をたてようとしていますと、何もまとまらないうちに、関節に凝《こご》っていた疲れがほどけて行くのを感じたのです。

それにしても、安らかな眠りではありませんでした。終始現実が片鱗を見せていて、重苦しく圧迫してくるのです。眠りの世界が束の間の現実になると、現実そのものはかつて見た悪夢に変貌するのです。……しかし、そのうちに、不安はなしくずしになったらしく、私は嘘のように穏やかな場所にいました。私自身がそこに降って湧いたような塩梅《あんばい》でした。

明るい浜にいて、少し歩くと、まばらな松林の中を貝殻まじりの小径が通っていましたから、そっちへ行きました。舟小屋の蔭には、湿った砂の上に、蟹たちが鋏《はさみ》を立ててジッと静止しているのが見えました。

私が目ざしていたのは、新建材を組み立てた家だったのです。入って行きますと、白い作業用のキャップをかぶった女が三人椅子に坐って、世間話をしていたらしいのですが、揃ってこっちを見ました。立ちあがるのでもなく、姿勢を直すのでもなく、私のことを、何か配達に来たとでも思ったかのようでした。

――あんた、よくわかったね、ここが、と女の一人が言いました。

――なんでしたっけ、と私は言いました。

――なんでしたっけって……。しっかりしなさいよ、あんた。

――…………。

――シーちゃんと約束でしょ。

――…………。

――そこをずっと行けばいい、と女の一人が言いました。

――こっちですか、と私は、彼女たちのいる食堂のような部屋へ入ろうとしました。

――廊下、廊下。廊下を行って、裏のほうへ行くと階段があるから、降りるの。

私が廊下を奥へ行きかけますと、うしろで声がしました。彼女たちが自分たち同士の話を、もう再開していたのです。

――あの若い衆、どういう……、と言っていました。

裏口に近いところに、スベスベした手摺りがあり、地下へ行く階段がありましたから、降りますと、いくつか部屋がありました。その一つのドアを、私は迷わず開けたのです。すると奥にある机の前に静枝がいて、こっちを振り向きました。黒い簡単な服を着ていました。

――晃一さん、済みません、待ってくださいね、と彼女は言い、また後ろ姿をこっちに見せ、急いで何かしていました。身づくろいしているようでもなく、片づけるほどのものもなさそうでしたのに……。

私は室内にドアを背にしてつっ立っていました。廊下がそうだったように、やはり、床《ゆか》だけが灰色で、天井も壁も白ずくめの、角砂糖のネガみたいな地下室でした。白いベッドと白い机、それと、白い椅子が一脚あるだけでした。

静枝の後ろ姿を眺めていると、私の心臓は弾んできました。私自身に反逆するのです。肋骨の下でとりとめなく揺れているのも、搏《う》ちかたが不揃いなのも、手にとるように判るのです。体中に欲望が、生きて犇《ひしめ》いていました。それを隠そうとしている意識より、湧きあがるもののほうが、はるかに強力であることを実感して、これを隠し通してしまうくらいなら、なぜ自分はここへ来たのか、などと上《うわ》の空で考えていたのです。

静枝がこっちを向きました。なぜか秘密がありそうな身のこなしでしたので、反射的に私は、自分が隠そうとしているものを彼女も隠そうとしている、と思いました。

――旅行しているんですか、と私は訊きました。

そして、どうでもいいことを訊いている、と思いました。

――わたしって、じっとしていては、考えられないのかしら。

彼女は一旦笑いましたが、二人の間の空気に堪えきれないのか、どこかが疼くようにひるんで、中途で笑いやめてしまいました。

私は歩み寄って、彼女を抱きました。腕の中の体が燃えそうに熱かったのです。しきりに立ちのぼっているあの体臭にひたっていると、彼女の服の胸のホックが、草の実が弾けるような音をたてて、自然にはずれるのが判りました。

——噛んで。いいから、と静枝が早口で言いました。

——もっと下にして。誰にも見えないように。

翌日の午後、及川製作所へ出て行って、先ず見たのは静枝の椅子でした。依然空《あ》いていましたし、その後も空いたままでした。彼女はもう十一日休んでいるのです。それが表立って話題にならないのは、父が気にしていなかったからです。彼は三輪静枝の名前を口に出しさえしませんでした。弟も、無関心ではないのでしょうが、欠勤の理由をたださせようとするでもなく、放置したままにしていました。

私は曖昧に、

——三輪さん、よう休むな、と八十島金吾に、昨日までのことをカムフラージュしようと思いつつ、言ってみました。

――どうなっているのかな。なんか重症でしょうかね、と彼は微妙にさりげなく応えました。彼女が今どうなっているか、この会社で知っている者は木谷夫妻と私だけであることは、間違いなさそうでした。

その午後、私は自分の椅子に坐ったなり、ほとんど動きませんでした。自分がよそ目には昼《ひる》行灯《あんどん》そのものだとも、応答は必ず一コマ遅れることも意識していたのです。

静枝のことが繰り返し頭を掠めました。そして、思いの環の途中に、必ず彼女の実家、三輪鉄工場が現れるのです。それが頻繁になり、遂には、自分がそこにいるような気がしました。家の様子がよく見えましたし、見たことのない彼女の部屋まで見えてくるような気がしたのです。

それにしても私は、抵抗もなく静枝のことを考えていたのではありません。一方で、新しい仕事にとりかかろう、キッカケを摑《つか》もうと焦ってもいました。自分をその気にさせたくて、精進、精進、と繰り返しました。

不自然な発想とは思えませんでした。ここで何かに手をつけなければ……、と直観したのです。その意志は深いもののような気もしました。自分は今、両面作戦を強いられている、などと私は馬鹿まじめに心に呟いていました。

――おかしいな、と弟が声をかけたほどです。

――俺か……。この辺で新しい仕事に入ってみようかと思って……、と私は数瞬遅れて応じました。そして、

――やらなきゃあならないってこともないんだが……、と力のない声でつけ足しました。

――仕事を自分で考え出さなきゃあならないってのは辛《つら》いだろうな。俺なんか押しつけられた段取りに追いまくられて辛いんだが。

――文学なんか必需品じゃあないんだから、自分で鞭《むち》を握らんとな。

――ははは、自分に鞭うつような顔もしていないが。

――どういう顔をしているかい、俺は。

――おっとりしているな、と弟は私を庇《かば》いました。

――……。

――どうかな、一杯、と彼は身ぶりで誘いました。

――今日は勘弁してくれ。ゆうべの酒が残っちまったんだ。いまだに霽《は》れてこない。

――大分飲んだの……。

――少量だ。でも飲むタイミングが悪かった。

――そんなに残ったか。めずらしいことだろ、兄貴には。

――場所も悪かったよ。

——どこだい、飲んだのは。

——俺んとこの裏山の切り通しだよ。知ってるだろう。

——知ってるよ。墓場な。……どうして、あんなところへ行ったのか。夜だろ。

——十時前後かな。

——普通、金くれたって墓地なんかじゃあ飲まないぜ。一人でやったのか。

——一人だ。

——そうだろうな。

——……いや、二人だ。相手をしてくれた男があったんだっけ。最初一人で飲んでいたら、その男が浮かんできたんだ。

——男が浮かんできた、ね……。

——幻覚だよ。

弟は黙って私を見守りました。おかしさよりも気がかりのほうが勝っている様子になっていました。

——大丈夫か、兄貴。

——大丈夫だよ。

——しょっちゅうあるのか、そういう幻覚が。聞いて悪いけど……。

——あるのかな……、ないだろう。でも、そいつはこのところ、時々出てくるんだ。つきまとうっていうか……。

——だれだ、知ってる奴か。

——知らない男だと思っていたけど、よく考えてみると、会ったことがある奴だ。会ったといっても、モロッコですれ違っただけだけど……。

——モロッコ人か。

——そうさ。モロッコ人には、日本人に似たタイプがあるが、そいつはその一人だった。……俺はモロッコで喧嘩をやったことがある。くだらないことだけど、バーで料金をふっかけられたような気がしたもんだから、通常の値段をそいつに聞いたが、そいつが正直に答えなかったように思えたんだ。実はそう思えただけだったんだが……。それで、そいつと口論した。地下室の便所の前でやったさ。

——便所の前でね……。そんな話は知らなかったな。兄貴、フランス語で喧嘩したのか。

——そうさ。興奮していたから、喧嘩の趣旨は通じたろうが、子細は通じなかったろう。

——喧嘩の子細ね……。

——結局、その男はいい奴だった。場馴れもしていたな。自制して、俺をなだめて、ちゃんと説明してくれた。それから、そいつとテーブルへついて、なにかと教わったよ。モロッコ及びモロッコ人について講義してくれたさ。

私は弟に話しながら思い出して行ったのです。その男の講義の中には、女に関するきわどい話もあったのですが、そこまでは弟には言いませんでした。

——背は低く、小太りで、軽快な白靴をはいていたっけ、と私は言いました。

思えば、その軽快な白靴の動きが、過去の記憶と現在の幻像を結びつける呼び水になったのかもしれません。

——それはともかく、ほんの一杯だけどうか、と弟はなおも、私をそそのかしましたが、私はことわりました。

天国の闇

四合の冷酒には、ひどく祟《たた》られました。宿酔《ふつかよい》になってしまったと感じた当座は、あれは余分だった、我慢しておけばよかった、やがて直るだろう、と思っただけでしたが、いつもとは様子が違っていました。一旦会社に出て帰ってからも、依然頭痛がし、胃が重かったのです。こんな時には、休んでしまうほうがいいことは、解ってはいましたが、私はそうしませんでした。自分が陥った状態に対して意地になって挑んで行く性質が、私にはあるのです。

緊急のことでもないのに、小説の構想をたてようと焦り続けました。衰弱している兵隊がなおも戦おうとしていたのです。私は部屋の籐椅子に坐って、方針が決まらないままに、断片的なイメージをあれこれ追いかけ、うまく行かないと、寝床にうつ伏せになって、同じことにうつつを抜かしていました。こんな時、普通なら戸外に出て行くのが私の傾向ですが、その夜は、だるくて、その気にもなれなかったのです。灰色の濁りに閉じこめられてしまい、苦笑しながら、汚れた人間はすべてを汚す、と言った友人の樋口聡のことを思ったりしました。最初のうちは、考えがまとまらないのは、三輪静枝への関心に負けているからだ、と考えていました。しかし、考え直しました。彼女に縋《すが》ってみたらどうか、と思ったのです。その時、私を捉えていたのは、及川製作所の私設バーで出会った彼女です。その時の声が聞こえてきましたし、表情や仕ぐさが見えてきました。巫女《みこ》がお告げを言っているようにも受け取れるのです。錯覚だろうが、こんなふうに錯覚できる機会も稀だ、と私は思って、彼女の感想文を読み直しました。するとカチリとスイッチが入ったように、気持ちが明るくなるのが解りました。この手応えを得た瞬間は脳裡に刻まれました。

しかし、事はそれだけでした。そのことによって、私は発想できたわけではありませんし、何か具体的な端緒を摑んだわけでもありません。なおも不毛の沼地を行きつ戻りつし続けていました。やがて、さっき見たと思った希望は消えて、私は、疲れから、意欲を失って行ったのです。少なくとも今夜はお手あげだ、と思い切ってしまうと、静枝への思いばかりが押し寄せ、渦巻きました。空《むな》しい創作へのあがきに較べて、その思いは肉を具えていました。私の体にはまだ、静枝の髪や肌、体臭や骨格がまといついていたことを意識しました。そして、静枝の息を吸う思いをしながら、その顔を避けて、私は自分で終わらせ、まだくすぶっている本能をなだめながら眠ったのです。

翌日起き抜けに、たみさんと話がしたかったのですが、彼女は町内の奉仕に行っていたのです。〈公民館のお掃除に出ます〉とメモを残していました。私は味噌汁を熱くして、ひとりで食事をとり、製作所へ向かいました。さすがに宿酔はもう過ぎ去っていました。それにしても、胸の内側が石灰質の白になったようでした。体にバランスがないので、地面を踏みしめようとしても、足に力がこもりませんでした。

静枝の席はやはり空《あ》いていました。その椅子を私の視線が掠めたのに素早く気づいたのか、八十島金吾が言いました。

——三輪さんが顔を出しましたよ。さっき帰ったんですがね。退職するんですって。

——辞めるのか、彼女、と私は意識して普通の調子で、応じました。

——悠々と休みましたけど、とうとうってとこですね。

このやりとりを聞きつけた弟が、二人のほうへ歩きながら、口を挟みました。

——三輪静枝ともさらばだな。

そして弟は、私の二の腕を二の腕でこするようにして、

——ちょっとこっちへ来ないか、とうながしたのです。

私が彼について応接室へ入りますと、彼はソファーに腰をおろし、作業衣のポケットから静

枝の退職願を出して、テーブルの上を滑らせてよこしながら、

――これだけどな、と言いました。

私は彼女の退職願を手にとって読み、しばらく眺めていました。きれいな書面でした。半紙に墨で書いた楷書は、形も配字も悪くないし、伸び伸びしていました。

――結構達筆だな、と私は言いました。

――いい手だろう。見ていると、俺なんか恥ずかしくなってくる。

――相当習った字だよ、これは。

――習ったんだろう。……食堂に貼ってある就業規則なんかは三輪静枝が書いたんだからな。

――そうだったのか。

その就業規則を初めて見た時、私は立ちどまって、一字一字を見て行ったものでした。

――及川製作所では数字ばかり記入させたが……、と弟は言いました。

――…………。

――何でもよくやる子だよ。残念なんだが、結婚の準備のためにやめさせてほしいと言うんだから……。嫁入りじゃあ仕方がない。

――………。

――ところで、兄貴、退職金はどのくらい出したらいいもんだろうか。

――俺に解るはずがないだろう。

――俺も明るくないんだよ、こういうことは。二万円じゃあどうかしら。

――よそで訊いてみたらどうか。俺に訊いたって、どうにもならんよ。

――兄貴の評価だってあるからな、あの子に対する、と弟は冗談としか思えないことを、案外真顔で言いました。

――三年十か月ちゃんとやってくれたよ。もっとも、最後のとこは、だらだら休んじまって、味噌をつけたが。

――…………。

――病気か、と訊いたら、違います、なんとなくサボりました、といっていた。正直だな。

静枝の筆跡を、私の眼は覚えてしまいました。それだけが孤立した技能ではなくて、彼女の在りかたそのもののように感じられました。弟も彼女に甘いところがあることを私は気づいたのですが、それも彼が私と似た受けとりかたで彼女を見ているからだろう、と思えました。

四キロの帰り道を歩いているうちに、しつっこかった宿酔《ふつかよい》が一気に晴れて行きました。感覚がいきいきと動き始め、いつの間にか、周囲も輝きを帯びていたのです。闇は緻密に、冴えて感じられました。その中へ、鬱屈が引潮になって解放されて行くのです。私は、昨夜部屋にいた時にも、これと似た気分を一瞬味わったのを思い出し、あれは前兆だった、今度は本番らしい、と心に呟きました。しかし疑懼《ぎく》も残っていたのです。なぜなら、以前にも何回かこの天国にいるような爽やかさは訪れたことがあり、それが病的な気分の波であるらしい、と感づいていたからです。現実よりも直接で柔らかな輝きは、長く保ったとしても三時間くらいで、消えてしまい、闇の美しさもどこかへ行くのが常だったのです。自分の気づかないところで、病気がたゆみなく進行している、とも思えました。

たとえそうであっても……、と私は考えました。この際体に漲ってくる意欲に乗じて、仕事にとりかかってみよう、そのまま没頭し続けることができるだろう……。そう意志すると、希望をかき立てなくても、希望が湧いてきました。

住まいに着いてそそくさと夕飯を食べ、たみさんとロクに話もしないで、部屋に入りました。籐椅子に身を投げ出してしばらくすると、物語の核になる情景が決まりました。利口そうな娘が一人、風呂敷包みを提げて暗い夜のバスに乗り、寒々としぶきが飛んでいる海岸に遠く並行して運ばれて行くところ……がそれです。私はそのイメージを見つめながら、なぜ、彼女はこういうことになったのか、これからどうなるのか、とまだもやもやしている部分に問いかけ、前後関係を呼び出そうとしていました。そして、籐椅子から立ちあがり、廊下の雨戸を一枚繰《く》って、庭に立ったのです。しぶしぶ雨が降っていましたが、傘が要るほどでもないと思えましたから、そのまま裏門から外に出ました。

意外に夜更けでした。深い掘割に沿った細い道は暗く、外灯から遠いところでは、用心しないと踏みはずして、転落しそうでした。しかし馴れた町でしたから、たとえ途中の記憶がなくても、われに返った時、今歩いている暗い一角がどこであるかは、すぐに判りました。

新地という名の歓楽街の近くにいると、行く手にきれいな血の色のドレスを着た女が立っていて、こっちを見守っていました。そこにはバーの屋内の光が流れ出ていて、濡れた道が光っていました。たまたま私が見えたので、呼びこもうとしたのかもしれません。もしそうだとすれば、近づいた私の姿を見て、彼女はその意図を放棄したのです。事のついでといった様子で、その女は言いました。

——どうしたの。落とし物したの。

——いや、下を向いて歩くのが癖なんだ。

——探し物をしてるんじゃないかって思った。

——散歩だよ。

女は、温かそうな息を吐いて笑っていました。

その前を素通りして行く自分の足取りが、おそろしくゆっくりしていて、そして、直線上を行くのに、私は気づきました。

翌日は会社を休むともなく休んでしまいました。その間、気持ちは新作に向けて凝集したり散漫になったり、無の中をさ迷ったりしました。思い耽《ふけ》っているかと思うと、そそくさと立ちあがって近所を歩き回り、戻ると寝ころがって手近にある本を読むといった具合です。自分のそんな状態を、かつて私は、熱すぎる風呂のまわりをうろうろしているおもむきだ、と笑ったことがありました。

夜になって、鉛筆を握りましたが、気負ってしまったせいで、原稿用紙に三枚書いたところで、行き詰まってしまいました。うまく進まなくなると、静枝のことが頭に浮かんできました。今日及川製作所へ行っていれば、彼女に会えたのに、と気づいたのです。その日は給料日でしたから、彼女も給料の残りと退職金を受け取りにきたはずだったからです。彼女に会うてだては他にないわけでもないのに、それだけのことが悔やまれました。

私はまた、しばらく彼女のことを考えていました。この気持ちの不統一が落ちついたのは、書き始めた話の女主人公に静枝への思いを託《たく》すことができそうに思えてきたからです。メドが立ったか……、と私は思いました。

——三輪静枝を話の中へ滲《にじ》ませるってことか、と私は呟いて、なぜか、自分の動作をいつもよりむさ苦しく感じながら、のそのそと、籐椅子から卓袱台《ちゃぶだい》の前へ身を移し、また鉛筆を握ったのです。

この夜書き始めた作は、原稿用紙七十三枚で終わりました。二か月以上かかったのです。その間、毎晩卓袱台に向かっていたわけでもありませんが、三日と空白の日が続くこともありませんでした。こんな話です。

白蝶貝

藤枝町の菓子屋に住みこみで働いていた貞《さだ》は、澄みきった十月のある日の正午、焼津へ見合いに行きます。旭丸の船主の家で相手を待っていますと、ひと足おくれてやってきたのは、胸が隆《たか》く姿勢のいい青年でした。なかなかの男前でもあったのです。どういうわけか貞は、上半身が衝立のようで、足はがに股の相手を予想していましたので、(あらかじめ見たスナップ写真がはっきりしないのと、若いころ漁師だった彼女の父親の体恰好がそんな風だったのがいけなかったのかもしれません)、まぶしいように感じたのです。それで最初臆したのですが、間もなくうちとけることができました。

そこで交わされた会話は、貞にとっては、おもしろくありませんでした。おたがいの出身地はどんなところか、そこにはどんな知り合いがいるか、小学校の先生はだれだったか、彼女の休日はいつか、鮪の値段は最近どうなっているか、など断片的なことを、多くはつき添いの人々が話し合っていたのです。たった一つ彼女の心が動いたのは、三波清作というその青年が自分の仕事について簡単に触れた時です。旭丸の船主と彼とのやりとりでした。それで貞は、やがて彼と二人になった時、早速言ってみたのです。

――今月の二十七日に発《た》つんですってね。

――そうです。一旦清水へ寄りますから、三十日ですね、日本を離れるのは。

――大西洋ってどういう海かしら。

――海は同じ海ですがね。陸地が日本とはガラリと違います。日本よりも荒れ果てています。人っ子ひとりいない波打ちぎわばかりです、海鳥や鷲や鴉や鳶ばかりいて。

――二等航海士って、どういう仕事をするんです。

――自分の場合、航海長のサブです。

――…………。

――航海長のひかえです。舵輪につくこともあります。

――舵輪って、木のわっぱから角《つの》が出ているのでしょ。あれを回すの……、恰好いいわ。

――恰好ですか、よかありませんよ。

――うちの遠い親戚にも遠洋船に乗る人がいるんですけど、その人は仕事で外へ出ると、地獄にいるみたいって言うのよ。

——そう言う人が多いですよ。漁船員が荒っぽいって言われるのは、船にいる間我慢しているから、陸へあがると、どうしてもそうなっちまうんです。

——三波さんも荒っぽい……。

——自分の場合、ほとんどそんなことはありません。船に乗ってるのが好きですから。連れに、なぜお前は……、って訊かれるくらい、好きです。寄港もいいですけどね。

——遊べるからでしょ、と貞は笑いながら、試すように相手を見ました。

——遊ぶって……。ああ、そのことですか。遊びかたも知りません。自分の場合、せいぜい、バーへ入ったり、ドッグレースへ行って券を買ったりするくらいです。

——ドッグレースって……。

——犬の競走です。それにみんな賭けるんです。大西洋上にラス・パルマスって島があって、そこに日本の鮪基地があるんですけど、その島でやってますね。

——儲けるんでしょ。

——自分の場合、損一方《いっぽう》です。

——賭け事って、損すると、もっとやりたくなるんですってね。

——ははは、自分の場合、ドッグレースなんかあってもなくてもいいですよ。とにかく、自分は航海に向いてるんです。これをやった時も……、と三波は言って、貞の前に、ひかえ目に左腕をさし出しました。

貞は紹介者から、三波は事故で傷めた左腕が今も少し不自由だ、と聞いていましたから、いよいよ出てきたな、と思ったのです。

三波は続けました。

——これはジャカルタの近海でやったんです。ラインホーラーってものがあるんですがね、甲板にあって、縄を捲きとる機械です。そのそばにいたら、停止していたのが、意外と動きだしたんです。自分の場合、航海士ですから、漁撈ですと、ちょっと馴れないところもあったんです。鮪じゃあなくて人間がかかっちまったんです。

——………。

——ジャカルタへ船が緊急入域して、あそこの病院に八日置いてもらったんですが、自分の場合、この手頸が痛まなくなってからは、なんだか保養しているような気になって、楽しいくらいでした。食事も結構うまかったですよ。

——よかったじゃない。普通の人だったら、悲しいでしょうけど。

——性質ですね。勿論日本人は一人でした。十人部屋でしてね。すでに満員だったんですが、自分が入院したもんだから、ベッドをもう一つ運びこんでくれたんです。日本大使館からも、人が見舞いに来てくれました。

——お医者は現地の人なの……。

——自分を診てくれたのはインド人でしたけど、現地人の医者もいましたよ。

——それで、ちゃんと直ったのよね。

——うーん、少し不自由ですが、手術し直せば元通りになるかもしれない。しかし、これでも働けますから。

——………。

——近くのベッドに肺が悪い人がいましてね。華僑かな、歳は四十三と言ってましたけど、五十半ばに見える人でした。夜中なんかに、苦しがって、ベッドにうつ伏せになってゼイゼイいうんです。自分は起きて行って背中をさすってやりましたよ。苦しそうで、見ていられないんです。それで、発作が遠のいて、その人が眠ると、こっちまで安心するんです。……そのうちに、日本大使館の人が来たもんですから、訊いてもらったら、肺気腫《はいきしゅ》なんだそうです。死にましたけどね。

——亡くなったの……。

——ずっとあとですよ、死んだのは。……その人が、（自分のことを言っちゃあおかしいですが）、ミスター・ミナミと言って、涙を浮かべて感謝してくれましたよ。それで、息子に言いつけて、きれいな白蝶貝を家から持ってこさせて、自分にくれました。知ってますか、白蝶貝って。肌がね、硬くて、すがすがしいんです。

――ええ、知ってる……と思うわ。

――とても大きなやつです。南へ行くと現地のものを売ってはいますけど、自分が持ってるのは記念の品ですからね。……あの人は、潜水して白蝶貝を採《と》るのが職業だったそうです。主にアラフラ海ってとこで働いていたようです。あれを十年ぐらいやってると、肺にくる人が多いんですって。

――毎日息を怺《こら》えるんでしょ……。

――自分はね、退院してからも、その息子と文通していたんです。それで、親父さんが死んだってことも知ったんです。

――英語で手紙を書くの。

――そうです。

――へーえ、三波さん英語ができるの。

――自分の場合、カタコトですよ、ほんの。

――…………。

――今度逢う時、その白蝶貝を持ってきますから、あずかってください。

――わたしが持っててていいの……。

——そうしてください、自分は近く航海に出ますから。

それから二回、日曜日ごとに二人は逢いました。その一回目に、貞は彼から白蝶貝を受けとったのです。さしわたしが四十センチくらいあり、彼女が今まで見たものよりきれいな肌をしていて、繊細な感じでした。

二人は焼津港を回るように歩き、三波はまた航海の印象を話しました。インド洋が深く、吸いこまれそうな気がしたことがあるとか、紅海や地中海にいると、鮮やかな青の中にザラザラした陸地が嵌《は》めこまれているように見えるとか……。彼は北アフリカのカスバのことも話しました。その市には魚を売りさばくために寄港したとのことでした。

夕方、食事をすることになった時、貞は彼がかなりご馳走してくれると期待したのですが、食べたものは結局、二人とも焼きめしでした。しかし、彼女はそれをおいしいと思い、アッという間に食べてしまう彼が、前よりも好きになりました。

次の日曜日に、貞が焼津へ行くと、三波清作は倉庫の中にいました。同僚たちと出航の用意をしていたのです。そこには壜《びん》玉や網や、標識灯のついた竹の棒がたくさんあって、七、八人が、のんびりと作業していました。

貞は彼らに見られていると感じました。彼女はむしろ眼を避けているのに、彼らの眼が怖いほどくっきりと、薄暗いところに浮かびあがっているのが見えてきてしまうのです。しかし彼らは、彼女に対してひかえ目な応対ぶりでした。

やがて身づくろいをした三波がやってきて、彼女を急き立てるようにしました。貞は倉庫を離れてしまってから、船の男たちとはああいうものなんだろう、と解ったような気がしたのです。彼らとは、やりとりもなかったのに、体験があったような気がして、しばらく血の騒ぎを感じていました。

その日、三波が話したのは、船上の仕事のことでした。延縄《はえなわ》を捲く明けがた、棚のベッドからおりて甲板へ出て行くのが辛《つら》い、まだ半分眠りながらふらふらと舷を歩いている感じが体に残っていて、日本へ帰ってからも夢に見る、実家の部屋にまで青黒い海がなだれこんできたような気になってしまう……そう言って彼は笑うのです。

三波に止むを得ない用事があったので、まだ明るいうちに二人は別れ、電車と軽便を乗りついで、貞は帰ってきます。勤め先に近い停留所で降りると、ホームに千秋《ちあき》がいるのが判って、彼女は反射的に逃げ腰になるのですが、すぐに気をとり直して、ゆっくり近寄ってくる千秋のほうへ、速足に歩いて行くのです。すれ違いそうになると、千秋は右手をなにげないふうに伸ばして彼女の動きをさえぎり、

――さあちゃん、休みだろ、少しいいかい、と言いました。

――いいかい、って……、と貞は気張って、千秋を睨《にら》みました。

――つき合ってほしいってことだよ。

彼が強がっているのが見え見えでしたので、貞の気持ちは和らぎました。そんな彼を気の毒にさえ思ったのです。

――つき合ったっていいけど、でも、千秋さん、お願いだから、不良みたいな言い方はしないで。

――悪かったな。本当言って、俺も最近は荒れているからな。マージャン仲間のせいだよ。

――マージャン、毎晩やってるの……。

――毎晩ってことはない。三日おきくらいか。

二人は軽便の停留所から、かたわらの神社の木立をくぐり、その裏山へ登って行きました。暗黙のうちに、人目のない道を選んでいたのです。

――さあちゃん、俺と一緒にいるのはいやか。

――そんなことはないけど……。

――いやかと思った。

貞が最近千秋を避けていたのは、焼津の縁談があったからです。しかも、その話は、彼女の店の女主人からあったのですから……。

——俺だって、ぶらぶらしているのがいいと思っているわけじゃあない。美術学校を受けてみようかとも思ったさ。

——絵描きになるの……。

——うん、なりたい。

——やってみればいい。

——それでな、沖津さんて人に相談してみたんだよ。沖津さんて、絵描きがいるんだけどな。そうしたら、美術学校なんか行ったって、屁の役にも立たないって言うんだ。そんな無駄なことをするより、自分で考えてやったほうがいいって。聞いていて、俺も、その通りだと思ったさ。俺も学校ってものに愛想を尽かしているからな。

——解らないけど、やる気があるんなら、それでいいのかもしれないわね。

——やる気か、今んとこは、あるのかないのか……。

——マージャンはやめられないの。

——マージャンをな……。学校でまわりくどいことを教わっているより、マージャンのほうがマシさ。牌《パイ》を握っていれば、自分が活きているもん。俺は高等学校でドイツ語をやっていたけど、あんなもの一体なんだ。ドイツ語の教師にでもなる気なら別だが、そうでなかったら、すぐに捨ててしまう籾殻を拾わせられるようなもんだ。

――籾殻……、と貞は言って、笑いました。

――それは、俺も退学しちまって、いらいらしている。夢を見るよ。お城みたいに山の頂上に聳《そび》えている立派な学校を仰いで、自分は落伍者だと思っていたりする。その時には、ひどく悲しいんだけど……。

話すことによって、千秋の気持ちはかなり楽になるようでした。そのための、ひそかな聞き手として、自分を選んでくれたんだ、と貞は思いました。

貞がこの町に来た時、千秋は(旧制の)中学生でした。痩せていて、体の輪郭も、青白い顔の線もくっきりした少年でした。町並みの裏手にあるかなり裕福な農家の一人息子でしたが、彼女が働いている店の近辺に姿を現すこともありました。やがて彼女は、夜寝床に入ってから彼のことを想像するのが楽しみになりました。この時間のために自分はこの町へ来た、と思えるほどでした。

千秋と知り合いになろうと心がけていると、少しずつやりとりがあって、彼女は彼と話し合うことができるようになりました。彼は、そう勉強に打ちこんでいる気配もなかったのですが、成績は相当なもの、ということでした。利発だな、と彼女が直接感じることもありました。

たとえば、中学の先生に対する不満を言う時、とても雄弁に相手の矛盾を衝《つ》くのです。言いつのりながら、彼が集中して行く様子が彼女は好きでした。彼の声の抑揚も、紅潮する頰も、瞳が吊りあがって、白目がちになる眼も……。

しかし彼は、（旧制の）静岡高等学校へ入ってから、荒《すさ》み始めたのです。平日の昼なかに、町に居残っていることもしばしばでしたし、そんな時、連れ立っているのは不良らしい青年たちだったのです。貞の胸をドキッとさせたのは、彼女がこの町へ来て四年めのことでしたが、その連中が千秋と芙美のうわさをしているのを耳に挟んだ時でした。芙美は幼稚園の保母で、小柄な、むしろ目立たない娘でしたが、千秋とのうわさを聞いてから、貞は、彼女の体にひそんでいるさかんな肉欲を感じて憎みました。その上、ある友達が、過去があるんだって、あの保母さん、と（それだけ）言ったのを心に留めたのです。

軽便の停留所で千秋と会った貞は、連れ立って山の小径を小一時間歩き、やがて、町を出はずれると、北の山間部へ通じる街道に沿った飲み屋へ行きました。そこで、ためらいながらも、自分が最近焼津で漁船員と見合いし、今日も彼と逢ってきたと打ち明けたのですが、貞が驚いたことに、千秋はショックを受けた様子でした。千秋は顔をこわばらせ、黙り勝ちになってしまったのです。貞は変わってしまった雰囲気に一旦は戸惑い、そして、それまで知らなかった喜びが込みあげてくるのを感じました。

誘われて、貞は彼の部屋へ行きました。納屋を改造したアトリエでした。描きかけの絵が二点眼に入りました。それを彼女は、とてもうまいと思いました。構図もタッチも、パレットのまわりに散乱している絵の具のチューブさえも、千秋の息づかいそのものに思えたのです。

最初の興奮が去ると、まわりに湧きあがった虫の声を聞きながら、貞は絵を眺めていました。うしろにいる千秋を意識し、何をしているのか想像しました。彼女が考えていたことは、もうそれだけでした。彼はわたしに何かしてくるだろう、何かしてくるはずだ……期待がつのって、貞はひとりでに身動きできなくなったのです。

貞は怖れながら期待していましたから、千秋がうしろに歩いてくるのが判ると、自分が彼を呼び寄せたように感じました。両腕で肩ごしに胸を圧えられると、彼女は、あっ、と短い叫び声をあげて、彼から離れようとしました。しかし彼は、長い左腕で彼女の上半身を縛りながら、右手を着物の身八つ口から差し入れ、その手は肌に沿って滑って、乳房をギュッと摑《つか》んだのです。

——なぜ、こんなことをするの、と彼女は罠にかかってしまった小動物のように身もだえしました。

——こうしないではいられないんだ。

——わたし帰る。帰るから……。

——………。

――着崩れしちゃうじゃないの。

彼はしばらく乳房を放そうとはしませんでしたが、彼女の抵抗が間遠になって行くと、念押しするように強く握って、右手を彼女の襦袢《じゅばん》の下から抜きました。彼女は熱い溜め息をついて、

――帰らなきゃあ、と自分に向けて言いました。

どう動いたのか、その時には二人は向き合っていたので、彼は彼女を抱き寄せ、キスしようとしました。そして、はずみで唇同士こすれ合うと、貞は、引き締めていた関節から力が脱け落ちて行くのを感じたのです。頭では口惜しいと思いつつも、彼女は相手の唇を求めてしまったのです。ようよう彼の追求をもぎ放すようにして、息を弾ませながら、

――もう、ここへは来ないわ、と言いました。

――悪かったのか、と千秋は曖昧な調子で訊きました。

――そうよ、もう、二人だけにはならない。

――悪かったな。

――ううん。わたしもいけなかったのよ。

そう言った貞の口調は、いくらか和《なご》んでいました。すると千秋は、両手で彼女の肩先をおさえて、彼女の眼を見つめました。その時彼は真剣な、沈んだ顔つきでしたし、眼にも純粋な気持ちが滲《にじ》んでいるようでした。

——つき合ってくれよ、それでも、と彼が言うと、

——うん、それはいいけど……、と彼女は応じました。

二人は身を寄せ合って、抱擁しました。やがて貞は、うちとけた、落ち着いた気持ちになって行くのを感じたのです。

——わたし、見合いした人と会って、その足でここへ来てしまったのよ。言ったでしょ。なぜこんなふうにしたの。どういうつもりだったの、千秋さん、と彼女は言いました。

——その相手はことわってくれないか。

——………。

——一緒にならないか、さあちゃん。絵のほうは一応やめたっていいんだ。俺は働くから。

——働くって……、あなたが。どういうふうに……。

千秋は、自分の考えを聞いてほしい、と貞に言い、二人は向き合って小さな籐椅子に坐りました。そこで千秋は、話しこんだのです。

彼には、大井川の南に、幼いころから親密にしていた叔父があって、今も彼に目をかけてくれている。学校など行っても行かなくてもいい、もし通訳を必要とすることがあったら、金を出して傭えばいい、外国語なんか勉強しなくてもいい、などとかねがね言っている土建屋だ。千秋が学校にいや気がさしたのを知ると、自分が経営している工務店の事務所に入らないか、

といく度も勧めた。店を一緒にやりたい、とも言った。叔父には子供がないし、気心の知れた甥をアテにしたがっている様子だ。その叔父はバリバリ仕事をする人だから、千秋も彼に見習って、生活とは何か摑みたい気持ちは、かなり前から持っていた。絵も捨てはしないが……。

——稼ぐよ。俺も決心したほうがいいんだ、本当のとこ。さあちゃんがいたもんだから、自分の本心が解ったさ、と千秋は言いました。

すると貞には、自分にとっても、それが本来の希望だったように思えました。漁船員三波には済まないけれど、自分が好きだったのは、やはり千秋だった、三波と見合いをしたのも、千秋が振り向いてくれなかったからだ、しかし、見合いしたことがよかったのかもしれない、それによって千秋に決心させることができたのだから……。

貞はテーブルに手を這わせて、千秋の手を求めました。そして、手を手で味わっているように、緊《しめ》たり緩めたりして、離しませんでした。すると千秋は、貞の手をたぐるように近寄って行って、彼女を抱いて立たせ、帯締めをはずし、帯揚げの結び目をほどいたのです。

貞はあらがいましたが、こうさせたっていい、という気持ちもありました。今はこの人、一緒になると言っているけれど、できない相談かもしれない、しかし、たとえそうであっても、こうさせてかまわない、という声も頭をかすめました。

——恥ずかしいもん、と言って、裸になった貞は千秋にしがみついて行きました。

自分がどんなことになっているか、見たくなかったのです。

それから三夜めに、貞はもう一度、千秋に体を許しました。

千秋は嘘のつもりで、あんなふうに言ったわけではないでしょうが、結局は、約束は言葉だけだったのです。彼は彼女を避け始めるのです。最初の時から八日めに、深夜、たまりかねて彼女が彼のアトリエへ忍んで行くと、折りあしくだれか人が来ていたのですが、彼は入り口のところで、今夜は帰ってほしい、途中までだけど送って行くよ、と言ったのです。困惑している様子さえありませんでした。黙り勝ちに、連れて行くような足取りで、彼は彼女のわきをしばらく歩いたのです。

その夜をさかいに、貞は希望が枯れてしまったと感じるのです。それにしても、出口がないところで、千秋への恋はくすぶっていました。毎日の大部分を、彼のことを考えて、費やしていたのです。あんなやつ、と思わず呟いてしまい、自分の気持ちの険しさを、生まれてはじめてのように感じたことがあります。

三波清作には、彼女は済まないと思い続けていました。払いのけようとしても自分の姿が見えてしまう時には特に、その思いが募るのです。

次の日曜日には焼津へ行きませんでした。土曜日に彼から電話をもらいはしましたが、名古屋の親戚に急用ができてしまったと言って、行くのをことわったのです。どんな用事か、と彼が訊きましたので、それが判らないんだけれど、すぐに来るように言われてしまった、と応えると、電話口で彼のガッカリするのが感じられました。火曜日にも木曜日にも、彼は電話をかけてきましたので、次の日曜日にも名古屋へ手伝いに行かなければならない、とあらかじめことわっておきました。電話のあとで貞の気になったのは、彼が突然訪ねて来はしないだろうか、ということでした。そうなったら自分の破滅だとしか思えませんでした。

急きたてられるように思い続けて、彼女は用事が手につかない状態に陥ってしまいました。菓子屋の店員をしている以上、とめどもなく考えてしまうのです。それで彼女は、実家へ帰ろう、と決意します。家族は小川《こがわ》港の近くに小さな工場を持っていて、蜜柑水やサイダーを壜に詰めるのを仕事にしていましたが、貞もそこで機械に追われて忙しく働けば、思い耽らずに済むだろう、と考えたからです。

菓子屋には、ノイローゼだ、もうやって行けない、と話して、暇をもらい、貞が実家へ帰ったのは、寒い風が吹き始めた日の宵でした。疲れきっていたので、バスの中でうたた寝をしてしまうと、夢に、着物をはだけて川の堤のようなところを走っている自分が現れました。千秋と芙美が小屋の中で囁き合っているのを見てしまったので、そこを忍び足で遠ざかってから、憑《つ》かれたように走りだしたらしいのです。どこへ行くアテもありませんでした。無言で駆けていたのですが、体の中には、悲しげに咆えている声がありました。足にからみつく藻のようなものを感じて、走りながらそれをはずそうとしますと、突然ゴトッと音がしました。その音に胸を衝かれ、なぜか、とり返しがつかないことを仕でかしてしまった気がして、貞は眼を醒ましたのです。

提げてきた風呂敷包みの一つが、客席から床《ゆか》に落ちたのでした。中には重い白蝶貝があったから、硬い音が足もとでしたのです。

彼女は弱々しい動作で、それを拾いあげ、落ちないように客席に置きなおすと、小物入れからハンカチを出して、目尻に溜まっている涙を拭きました。

松林の奥まったところに、ひっそりと赤っぽい電灯をつけているわが家に、貞は戻ってきました。

彼女は打ちのめされた顔をしていたのに、父親と兄は気にもとめませんでした。勤め先で都合をつけて、息抜きにやってきたぐらいにしか受け取っていない様子でした。母親だけが、娘の憔悴ぶりに胸を騒がせて、二階へ行く貞についてくると、理由《わけ》を尋ねたのです。

――お前、悪い色ツバをして帰ってきたじゃないか。

――わたしはもう、藤枝にはいられない。あそこにいると、苦しくてたまらなくなってくるもん。

――お菓子屋で、何か揉めごとでもあったのかい。

――お菓子屋じゃあない。お店ではみんな良くしてくれる。……今度の縁談のことでね……、と貞は言いよどみました。

――縁談……。

――うん、わたしなんかに結婚する資格があるかって思っちゃって、と言い、彼女は突然しゃくりあげました。

――なんでそんなふうに言うのかい。

――…………。

――なんでかい。

――母さんにも言えないよ、それは。

――…………。

――母さんにだって言わないよ。

――そうかい。それだったら無理に聞かんでもいいがの。

母親には察しがつくようにも思えましたので、この際、娘をそっとしておこうと判断したのでした。縁談をさまたげる色恋の暗礁があったとしても、時が解消するもの、と母親は考えたのです。

——三波さんは、この三十日に発《た》って、半年以上も航海だって言っていたのう、と彼女が言ったのは、その猶予期間が娘に幸いするのではないかと、漠然と感じたからです。

——うん、と貞はホッとしたようにうなずきました。

——あの人が帰ってくるのを、待っているんだろ、お前は。

——待たせてもらおうって思っている。

——そうしなさいよ。それでいいじゃあないか。

——母さんね、わたし、もう藤枝へは行かない。家の工場で働きたいんだけど……。ちゃんと精を出すから。

——いいだろ。

——わがまま勤めなんかしないから。

——いいよ、固く考えなくても。うちうちなんだから、融通つけて働けば。

こんなやりとりがあって、貞は、収拾のつかなかった自分の気持ちがなだめられたように思ったのです。台所へ行って、家族の食べ残した鯖の煮つけとお新香で夕飯を済ませ、また二階へあがって、中学生の弟と小学生の妹と三人で寝た時には、やっぱりいいな、家は、と思い、悪いことは忘れたような気になりました。

しかし、夢の中では、二階の出窓の高さにまで海が盛りあがってきて、まるで、巨大な青黒い龍がのたうっているようだったのです。とうとう津波が来た、と彼女は思いました。重い海が自在に動いていました。窓一杯にのしかかってくるかと思うと、深く抉《えぐ》れ、ひろびろと斜面を見せたりしました。貞の家などひとたまりもなさそうでしたが、どうしたわけか、部屋の中はとても穏やかでした。そこだけを、神様が眼に見えない仕方で保護しているかのようでした。

その時、貞は、自分は病気で寝ていて、見舞いに来てくれた三波清作が枕もとに坐っているのに気づき、ここが津波と関係なく静かなのは、彼がいてくれるからかもしれない、と考えました。彼の骨太の体格、特に隆《たか》い胸が頼もしかったのです。彼はゆったりと正坐していました。漁船員みたいじゃないな、と貞は思いました。

——これを啜《すす》ってください、と言って、彼は湯飲み茶碗をさし出しました。

貞が寝床に起きあがって、それを受け取ると、中には葛湯《くずゆ》が入っていました。

——ありがとう。

——栄養も少しはつけないと、いかんですから。

貞は丁寧に味わいながら、葛湯を食べました。

――体を直しちまって、待っていてください、と三波は言いました。

――三波さん、わたしたちはやっぱり駄目です。だから、見合いはなかったことにしてください、と貞は難なく言ってしまい、それから悲しみに襲われました。

――なぜですか。

――わたしの体には魔物がいますから。

――魔物……。そんなものがどこから来ましたです。

――判りません。でも住んでいるんですよ、血にも肉にも。悪さをしているのが判ります。

――…………。

――わたしをしびれさせるんです。

――鱏《えい》が刺すようにですか。

――そうです、きっと。

――…………。

――わたしたちは平行線をたどるんです。並んで、軽便の線路伝いに歩いて行くみたいに。

――自分はしばらく船に乗りますから、その間にふんぎりをつけてください。

――ふんぎり……。

――そうです、一緒になるって決心です。貞さんと自分は結婚しなきゃあいけないです。自分の場合、変更はききませんですから。

たんたんと言ってのけると、三波は、時間が頭にあるらしく、スックと立って、姿を消しました。

案の定、待ちかねたように海が窓からなだれこんできました。坐っていた貞を、一撃でなぎ倒し、それから彼女は、長い距離を上昇して行きながら、海面に浮きあがるのを期待しました。しかし、そんな時は来そうもありませんでした。貞は、絶えず泡の音がしている真っ暗闇の中にい続けたのです。

三波さんはわたしの視界をよぎって行った流れ星のような人だ、もう会えない、と貞は思いました。結局、わたしにとっては、肉が疼《うず》くみだらな恋のほうがふさわしいんだ。

貞はまた涙ぐんで眼醒めました。仰向いたままで、しばらく放心しているうちに、ひっそりと朝になって行き、窓の桟が黒く浮き出てくるのが判りました。すると、彼女は起きあがって、昨夜提げてきた風呂敷包みをほどき、白蝶貝を出しました。この時ほど、彼女はその澄んだ肌を見つめたことはありません。フランネルの寝巻きの袖で拭き拭き、もっとよく見たいと努めているかのようでした。

自分から離し、壁に立てかけて、眺め続けました。そうしながら彼女は、声にならない声に耳を澄ましていました。明るくなるにつれて、貝の肌は変化し、すがすがしい虹色に輝き始めました。

彼女はハッとして動きだし、そそくさと洋服を着ると、戸外へ出て行ったのです。松林の蔭をくぐり抜けると浜でした。彼女はところどころで砂に足をとられながら、築港のほうへ歩きました。

……わたしには罰《ばち》が当たった。……三波さんというい い人と逢ったばかりなのに、千秋のような不良に近づいて行った。今も、まだ三波さんの声が耳に残っているのに、千秋のことを忘れていない。三波さんは穏やかな男らしい人だ。船の仕事にかけては人一倍能力がありそうだ。それでもわたしは千秋のことを忘れていない。千秋って何だ。わたしの身に、なんか虫みたいにとりついていて、剝がそうとしても、剝がれやしない。こんな思いをして苦しんでいるのは、わたしだけじゃないか。あの千秋はどこ吹く風だ。……わたしには罰が当たった。今も罰が当たり続けている……。

彼女はわれに返り、心に湧く愚痴を括弧でくくってしまおうとして、小川《こがわ》港へ急いだのです。突堤へ登って標灯の下へ出て行くと、北に大きな焼津港を眺めることができました。水平な朝日が柔らかに射していて、港は、滑らかな薔薇色の海に縁取られていました。そこから三波清作の鮪船は、明日の朝出航するのです。

……とにかく明日は三波さんを送りに行こう。できるだけ優しく振る舞おう。ほほ笑んでいるようにしよう。わたしたちの間はもう駄目になってしまったけれど、それはどうだっていい。それがすべてってわけじゃあないんだから。とにかく、わたしは、あんなにいい人と会うことができたんだから……。

貞は、焼津の河岸へ行ったら、意志して悲しみを抑《おさ》え、三波に奉仕しようと思うのです。やがて彼が、自然に彼女のことなど忘れてくれるように願いながら……。

P+D BOOKS ラインアップ

おバカさん	遠藤周作	● 純なナポレオンの末裔が珍事を巻き起こす
宿敵 上巻	遠藤周作	● 加藤清正と小西行長 相容れない同士の死闘
宿敵 下巻	遠藤周作	● 無益な戦。秀吉に面従腹背で臨む行長
銃と十字架	遠藤周作	● 初めて司祭となった日本人の生涯を描く
ヘチマくん	遠藤周作	● 太閤秀吉の末裔が巻き込まれた事件とは?
焰の中	吉行淳之介	● 青春=戦時下だった吉行の半自伝的小説
浮世に言い忘れたこと	三遊亭圓生	● 昭和の名人が語る、落語版「花伝書」
噺のまくら	三遊亭圓生	● 「まくら(短い話)」の名手圓生が送る65篇

P+D BOOKS ラインアップ

居酒屋兆治	山口 瞳	●高倉健主演作原作、居酒屋に集う人間愛憎劇
血族	山口 瞳	●亡き母が隠し続けた秘密を探る私
山中鹿之助	松本清張	●松本清張、幻の作品が初単行本化！
白と黒の革命	松本清張	●ホメイニ革命直後 緊迫のテヘランを描く
詩城の旅びと	松本清張	●南仏を舞台に愛と復讐の交錯を描く
風の息（上）	松本清張	●日航機「もく星号」墜落の謎を追う問題作
風の息（中）	松本清張	●〝特ダネ〟カメラマンが語る墜落事故の惨状
秋夜	水上 勉	●闇に押し込めた過去が露わに…凛烈な私小説

P+D BOOKS ラインアップ

鳳仙花	中上健次	●中上健次が故郷紀州に描く〝母の物語〟
熱風	中上健次	●中上健次、未完の遺作が初単行本化！
大洪水（上）	中上健次	●中上健次、もう一つの遺作も初単行本化！
大洪水（下）	中上健次	●シンガポールへ飛んだ鉄男の暗躍が始まる
魔界水滸伝 1	栗本 薫	●壮大なスケールで描く超伝奇シリーズ第一弾
魔界水滸伝 2	栗本 薫	●〝先住者〟〝古き者たち〟の戦いに挑む人間界
魔界水滸伝 3	栗本 薫	●葛城山に突如現れた〝古き者たち〟
魔界水滸伝 4	栗本 薫	●中東の砂漠で暴れまくる〝古き物たち〟

P+D BOOKS ラインアップ

魔界水滸伝5　栗本 薫　●中国西域の遺跡に現れた〝古き物たち〟

魔界水滸伝6　栗本 薫　●地球を破滅へ導く難病・ランド症候群の猛威

魔界水滸伝7　栗本 薫　●地球の支配者の地位を滑り落ちた人類

魔界水滸伝8　栗本 薫　●人類滅亡の危機に立ち上がる安西雄介の軍団

魔界水滸伝9　栗本 薫　●〝人間の心〟を守るため自ら命を絶つ耕平

魔界水滸伝10　栗本 薫　●魔界と化した日本、そして伊吹涼の運命は…

魔界水滸伝11　栗本 薫　●第一部「魔界誕生 篇」感動の完結！

どくとるマンボウ追想記　北 杜夫　●「どくとるマンボウ」が語る昭和初期の東京

少年・牧神の午後　北杜夫　●北杜夫　珠玉の初期作品カップリング集

剣ケ崎・白い罌粟　立原正秋　●直木賞受賞作含む、立原正秋の代表的短編集

残りの雪（上）　立原正秋　●古都鎌倉に美しく燃え上がる宿命的な愛

残りの雪（下）　立原正秋　●里子と坂西の愛欲の日々が終焉に近づく

サド復活　澁澤龍彥　●澁澤龍彥、渾身の処女エッセイ集

マルジナリア　澁澤龍彥　●欄外の余白（マルジナリア）鏤刻の小宇宙

玩物草紙　澁澤龍彥　●物と観念が交錯するアラベスクの世界

廻廊にて　辻邦生　●女流画家の生涯を通じ〝魂の内奥〟の旅を描く

虫喰仙次　色川武大　●戦後最後の「無頼派」、色川武大の傑作短篇集

親友　川端康成　●川端文学「幻の少女小説」60年ぶりに復刊！

幻妖桐の葉おとし　山田風太郎　●風太郎ワールドを満喫できる時代短編小説集

わが青春　わが放浪　森　敦　●太宰治らとの交遊から芥川賞受賞までを随想

北京のこども　佐野洋子　●著者の北京での子ども時代を描いたエッセイ

小児病棟・医療少年院物語　江川　晴　●モモ子と凜子、真摯な看護師を描いた2作品

悲しみの港（上）　小川国夫　●現実と幻想の間を彷徨する若き文学者を描く

悲しみの港（下）　小川国夫　●静枝の送別会の夜結ばれた晃一だったが

（お断り）

本書は１９９６年に朝日新聞社より発刊された文庫を底本としております。
あきらかに間違いと思われるものについては訂正いたしましたが、
基本的には底本にしたがっております。
また、底本にある人種・身分・職業・身体等に関する表現で、現在からみれば、
不当、不適切と思われる箇所がありますが、著者に差別的意図のないこと、
時代背景と作品価値とを鑑み、著者が故人でもあるため、原文のままにしております。

小川国夫（おがわ くにお）
1927年（昭和２年）12月21日―2008年（平成20年）４月８日、享年80。静岡県出身。1986年『逸民』で第13回川端康成文学賞受賞。代表作に『アポロンの島』など。

P+D BOOKS

ピー プラス ディー ブックス

P+Dとはペーパーバックとデジタルの略称です。
後世に受け継がれるべき名作でありながら、現在入手困難となっている作品を、
B6判ペーパーバック書籍と電子書籍で、同時かつ同価格にて発売・配信する、
小学館のまったく新しいスタイルのブックレーベルです。

悲しみの港（上）

2016年4月10日　初版第1刷発行

著者　小川国夫
発行人　田中敏隆
発行所　株式会社　小学館
〒101-8001
東京都千代田区一ツ橋2-3-1
電話　編集　03-3230-9355
販売　03-5281-3555
印刷所　中央精版印刷株式会社
製本所　中央精版印刷株式会社
装丁　おおうちおさむ（ナノナノグラフィックス）

ISBN978-4-09-352263-2

P+D BOOKS